낭만이 나를 죽일 거예요

나는 아주 파묻혀버릴 거예요

낭만이
나를
죽일 거예요

서지음

위즈덤하우스

낭만의 조각들을 끌어모으며

무해한 타인들의 반경이 우연히 겹치는 자리
그걸 느긋하게 바라보는 일이 좋았습니다

저에게는 특히, 수많은 글 쓰는 사람들과
음악 하는 사람들과의 만남이 그랬습니다

내가 어느 날 누군가와 겹치면,
나의 혼잣말이 누구와 만나면
그곳엔 무엇이 자라고 피어날지,
그곳에서는 어떤 소리가 날지 궁금해서
책으로 만들게 되었습니다

나의 심연을 건드려 깨워준 그들처럼
나 역시, 당신에 대해 묻고
당신 자신의 이야기를 꺼내게 만드는
말들을 건네고 싶었습니다

저에게 책은 늘 '소통'이었기에
저도 당신에게 말을 걸어보려 합니다

그러니, 느린 호흡으로
여유롭게 읽어주셨으면 좋겠습니다

낭만이 나를 죽여도
나는 기꺼이 파묻혀
그 자리에 오래도록 살아있을
낭만의 조각들을 끌어모으며

* 책에 가사들을 실으며 가장 고민이 되었던 점은
  '가사를 활자의 형태로 써도 괜찮을까?'였습니다
  곡을 위해 꼭 맞게 만들어졌는데 가사만 남겨놓으니
  마치 표본실의 나비 같다는 느낌을 지울 수가 없습니다

  날아다니고 춤을 추는 생생한 가사를 느끼고 싶으시다면
  책 옆에 핸드폰과 이어폰을 챙기시어
  노래와 함께 읽어보시기를 권장합니다

영원히 창작자로 기억되고 싶은

지음, 지음.

part 1. 감성 _____

part 2. 이성 _____

part 3. 상상 _____

part 4. 현실 _____

part I. 감성

넌 쏟아지는 달빛에 샤워
밀려오는 널 막을 수 없는 새벽

예쁜 쓰레기더미들 사이에서
먹고 사는 것과는 먼 일들 사이에서
자칫 무의미해 보이는 꿈같은 것들에서
알 수 없는 끄적거림과 흥얼거림들 사이에서

낭만은 주로 거기서 피니까

늘 주의를 기울일 것

_ 낭 만 ,   주 의

_ 이 름 모 를

언제, 어느 틈에 피어났니?
이렇게 기척도 없이

부서지는 모래 위
이런 마음에 뿌리내리는 건
쉬운 일이 아니었을 텐데

어느 이름 모를 너와
이런 이름 모를 감정

자그마한 너를
들여다보면 나는

자꾸만 휘파람을 불고 싶어져
뭐, 소리는 잘 안 나지만
딱히 상관은 없을 것 같아

종이 심장

바람이 장난을 칠 때면
나를 꼭 붙잡아줘야 해
또 날아가 버릴라

그렇게 구기면 큰일 나
난 말 없고 착해 보여도
자존심이 세니까

비라도 내리는 날이면
우산을 꼭 씌워줘
또 울리지도 마

찢어질지 모르니
말투는 언제나 상냥하고
또 부드럽게 해

겉은 강한 척해 보지만
내 심장은 종이 같아
네가 너무 좋아서
사실은 약간 겁이 나

하얀 종이로 만들어진
내 심장을 보여줄까
내 맘 한쪽에 적어놓은
네 이름을 보여줄까

* song by_f(x)

_ 기 울 이 다

좋더라
네가 나한테 귀 기울이는 것도
때로는 마주 앉아 잔 기울이는 것도
졸린 척 고개를 기울이는 것도
온 관심을 나에게 기울이는 것도
예쁜 말을 찾느라 심혈을 기울이는 것도

기울다

차고 기우는 게 어디 저 달뿐이겠어
오늘 밤에도 이곳엔
셀 수 없는 마음들이 차고 기울걸

물론 나도 그중 하나고

* 이 두 개의 글은 나중에 〈기우는 밤〉 가사의 글감이 됩니다.

_ 비 어 ' 있 음 '

만약 눈밭에 꽃이 한 송이 피어있으면
나는 그 꽃 한 송이를 바라보겠지만
그 꽃이 없다면
나는 온 눈밭을 느낍니다

만약 이 방 안에 당신이 있으면
나는 당신 하나를 바라보겠지만
당신이 없으면
나는 온 방을 느끼겠지요
그리고 당신이 없는 방의 벽들은
자꾸만 내게서 물러나는 습성이 있습니다

'없다'와 같은 말이 '비어있다'라는 건
어쩌면 당연한 건지도 모릅니다

당신의 없음이, 그 빔이 나에겐 지독하고 넘치게
있음이더군요

그러게요
당신이 여기 없다면
나는 온 우주를
그리움으로 채울 수도 있겠습니다

_ 월 광

깊어진 하루 틈 사이
너는 조용히 다가와
어둠을 걷어내고 나의 잠을 깨워
그리곤 멀어져 열린 창문 저 너머로

또 길을 잃었나
밤공기가 아직 차가워 일어나

널 혼자 두기가 난 걱정이 돼
거릴 두고 너의 뒤를 따라가

넌 쏟아지는 달빛에 샤워
그 황홀한 표정은 본 적이 없어
그림처럼 멈춘 네가 보여
그 시선 끝엔

닿을 수가 없는 안길 수도 없는 곳
수면 위에 비친 건 그 사람이 아니야
이뤄질 수 없는 슬픈 너의 스토리
가까워질수록 더 아파질 테니
그 사랑만은
그 사랑만은

이렇게 내가 널 애타게 불러
다가가지 마
그 날개가 젖으니

※ song by_EXO-K

_ 선 심

만약 네가 기분이 너무 좋은 날이라
선심 써서 나에게
뭔가 딱 하나만 준다면

그땐 잠시만

곁을 줘

오래된 기찻길
우리는 나란히
그래, 참 많은 일이 있었지

두 갈래 마음 길
그리고 영원히
혹시나 그런 일은 없겠지

언제나 너의 두 발자국쯤 옆에서
너를 볼 수 있는 건 참 행운이야
하지만 이 길이 이다지도 만나지지 않는 건
조금 서글프긴 하다

_교 차 점

고작 하나의 점과 같은 순간일 줄 알았다면
욕심내지 않았을 거야

왜 나는 너에게서
너는 나에게서 이렇게나
반듯이, 또 반드시 반대로 멀어져야 하는 걸까

차라리 만나지 말걸
그냥 평행할걸
조금 떨어져 있어도
그걸로 충분하다고 생각할걸

_ 백 색 소 음

밀려오는 널
막을 수 없는 새벽
이 파도 소리에 난
떠내려가는 중인 걸

내 기억은 돌아가 언젠가
너와 있던 곳에
시간이 갈수록 그리워
네 예쁜 음성도
그 얕은 숨소리까지

볼 수가 없어도
널 들을 수는 있어

눈을 감고서
이 세상 모든 소리 중에
너를 찾아내면 돼

너의 작은 웃음소리로
난 네가 잘 지낸다는
그것만 확인하면 돼

* song by_EXO

너에게
끝은
정말로 마침표였고

나에게
끝은
마치는 법을 모르는 마침표의
긴 시작이었다

_ 겨울 장마

함박눈이 그치던 순간에
가장 마지막으로 떨어진 한 송이
너는 그런 걸
이별이라고 불렀고

오랜 비가 시작되는 순간에
가장 처음 떨어진 빗방울
나는 그런 걸
이별이라고 부르게 된다

너에게 이별은 그렇게 소복소복한 것
그렇게 돌아가는 것
나에게 이별은 이렇게 추적추적한 것
이렇게 남겨지는 것

사 막 화

움켜쥘수록 텅 빈 손안의 모래
불러볼수록 슬피 흩어진 노래

왜 피고 시들어가
왜 뜨고 저물어가
왜 모든 것은 이렇듯
스치고 사라져가

생기를 잃어버린 그날의 고백
하얗게 바스러진 우리의 한때

왜 피고 시
왜 뜨고　저
왜 모　든 것　은
스치고 사 라

긴 메아리만 남긴 메마른 독백
철저히 둘로 다시 갈라진 세계

왜　피고
왜　뜨　고
왜 모　든 것　은
스　치　고

_봄 날 의 소 나 기

네가 없는 이 거리
그럼에도 꽃은 피는데
하염없는 기다림

온다, 떨어진다
내 찢어진 하늘 사이로
한 방울 두 방울
봄날의 소나기

너를 그려보다 불러보다
기억이 비처럼 내린 새벽
밤새 난 그 빗속에
종이로 된 우산을 쓰고 있네

간다, 사라진다
내 흐려진 시선 너머로
한 방울 두 방울
그리고 여전히

슬피 떨어지던 꽃잎 위에
기억이 비처럼 내린 새벽
밤새 난 그 빗속에
종이로 된 우산을 쓰고 있네

* song by_예성(YESUNG)

_ 놓는 용기

왜 아무도 내게 알려주지 않았을까요

영화처럼 멋지게 고백하는 것만큼
어쩌면 말없이 그냥 바라만 보는 것도

드라마처럼 달려가서 붙잡는 것만큼
어쩌면 가만히 서서 보내주는 것도

못지않게 큰 용기가 필요하다는 걸

눈 내리는 밤

나는 저렇게 희고 곱지 못해서
저들처럼 마냥 기쁠 수가 없나보다

내 마음은 온통
그을음이 져서
그을려서
그을러서
아주 글러 먹어서
여기는 눈도 타고 남은 재처럼 날린다

겨울은 특히 아프다

_ 만 개

난 텅 빈 가지보다
다 핀 꽃들을, 다 자란 잎들을
벅차게 매단 가지가 더 안타깝더라

이제 이별만을 남겨둔 거니까
그 마지막 하나까지
보내는 일만을 남겨둔 거니까

_ 널 그 리 다

걸터앉아 널 다시 그려보는 일
하나하나 채워보는 일
맘에 새겨진 어딘가 슬픈 그 눈빛
그 눈을 고칠 수가 없어

나뭇잎에 떨어지는 빗방울도
내 맘을 무너지게 할 것만 같아

커튼처럼 부드러운 바람결도
내 안에 깊은 홈을 낼 것만 같아

너를 그리는 모든 시간들을
다 모아서 그리움이라고 하나 봐
너 없이 긴 밤을 버틸 자신이 없어
차마 못 지워 남겨둔 걸까
너 하나만

※ song by_첸(CHEN)

_ 상 (想)

어둠이 시야에 맺힌 모든 것들을 덮고 나면
어렴풋이 떠오르는 하나의 상(想)

마음껏 그리워하고
실컷 그려보고
작은 하나도 잊지 않고 남겨두려는 작업은
남겨진 사람의 유일한 권리이므로

내가 할 수 있는 일은 단지
널 그리는 일

_ 숲

문득 물기를 머금어 짙어진
초록의 냄새가 그리운 날이 있다

한 아름이 훌쩍 넘는 나무둥치를
두 팔로 가득 안고 싶은 날이 있다

무성한 나뭇잎의 터널 속에서
햇빛이 별처럼 박힌 하늘을
오래도록 올려다보고 싶은 날이 있다

이렇게 빼곡한 사람들 틈에서
의미를 잃고 밭은 숨을 쉴 때면

너를 찾아 하염없이 울고 싶은 날이 있다

_ 네 모 , 남

사진이 손가락 하나로 순간을 담아버리듯
책이 문장 하나로 결말을 닫아버리듯

이제 우리는 거기에만 남아있어요
다시는 나올 수 없는
그 네모남 속에

_ 시 선 둘 , 시 선 하 나

큰 착각을 했어
내 안에서만 자라왔던 꿈
저 시간이 바람처럼
널 내 곁에 데려올 거란

도화지에 하얀 글씨로
가득했던 말
'   '

내가 너무 아껴뒀나 봐

서로 마주 보는 시선 둘
하나 남은 시선 길을 잃은 시선
굳게 닫혀버린 시선 둘
늦어버린 시선 너를 놓친 시선

괜히 자꾸만 미안해져
이런 맘을 갖고
너를 보고 있는 것

서로 마주 보는 시선 둘
하나 남은 시선
길을 잃은 하나의 시선
그게 나였다면
네 그 두 눈 속에서
너를 보고 있는 그의 시선

＊ song by_EXO

_ 아 는 결 말

오랜만에 다듬지 않은 편지를 썼어

네가 듣고 싶은 말
아니, 듣고 싶을 것 같은 말
그게 아닌 내 진심을
처음으로 너에게 말하는 것 같아

이제 조금 알겠어 그때 네가 했던 말
널 위해서 날 버리는 말이라던 그 말뜻

'내가 좀 더 잘하면 별일 없을 거야'
사랑한 만큼 생각도 많았던 무수한 날들

그 생각이 틀렸던 걸까
아님 처음부터 내 생각은 상관이 없었던 걸까
내가 무언갈 달리했다면 이 결말도 달라졌을까

영화에선 아주 작은 것만 바꾸어도
흐름과 전개가 걷잡을 수 없이 바뀌어버리던데
현실은 역시 다른 걸까

무슨 짓을 해도 정해진 대로 흘러가
마지막엔 같은 곳에 닿을 수밖에 없는
나비효과의 되감기 ver. 일뿐이었을까

찾을 수 없는 답을 고민하는 건
예나 지금이나 똑같아

아마 나는 영원히 너의 이름에 설레게 되겠지
그때마다 덜컥하고 심장이 내려앉을 텐데
그리고 평생 너의 이름에 뒤척이게 되겠지
그때마다 숨이 차고 세상이 무너질 텐데
이런 가슴 아픈 결말을 뻔히 아는데
돌아가도 다시 널 사랑할 수밖에 없는 나는,

때로는 아는 결말이 더 무서워

진심인가요
내 마음에 손을 올려 봐요
아직 이렇게 따뜻한데요

_ Ctrl + Alt + Del

_ 독감

돌아오지 않는 메아리를 찾아
한참을 걷다가 길을 잃었어

내 무거워진 걸음 우린 왜 이렇게
멀어진 건지도 모르겠어

'안녕' 짧은 너의 인사가
오랜 비가 되어 내려와
내겐 우산도 과분해
너를 독감처럼 앓고 있어

...

나를 떠난 너를 탓하진 않아

...

너를 사랑했던 나의 문제야

* song by_SHINee(샤이니)

_ 울 컥

내내 녹지 않고 걸려 있다가
문득 치솟아서 목에 컥 하고 걸리는
사탕 같은 존재

언제 머리 위로 쏟아질지 몰라서
조심할 수도 피할 수도 없는
소나기 같은 존재

한 번 시작되어버리면
한동안은 쉽게 멎지 않는
딸꾹질 같은 존재

가끔씩 토하는
이런 울음 같은 존재

아직도 너는

_ 빛방울

빗방울들이
지나가는 차 헤드라이트 앞에서는
골목 가로등 아래에서는
크리스탈 알갱이처럼 찰그랑거리며 떨어진다

예쁜 빛방울들

나는 가만히 서서
땅에 떨어지기 전까지 허락된 찰나의 눈부심들을
부지런히 눈에 담는다

나도 한때 너의 눈빛 속에선
저렇게 보석처럼 반짝였는데

뒤적이고 뒤척이겠지
그리움과 괴로움 사일

어디도 난 속할 수가 없을 테니

넌 내가 꾸던 꿈
내가 쉬던 숨
내가 살던 품

보고
듣고
느끼고
믿었던
세상이
사 라 져

∗ song by_태민(TAEMIN)

어서 날 알아보길 바래
나 없는 넌 안 되겠다고 말해

깨고 또 깨어나도
반복되는 깊고 슬픈 꿈

내 머릴 쓰다듬고
이제 괜찮다고 말해

메마른 너의 눈빛
둘 사이 파랗고 위태로운
다리를 건너

나밖에 몰랐었던 너
사랑이 전부였던 나
그곳으로 난 돌아가길 바래

날 끌어당겨 작은 틈도 없게 해줘
네게 안겨 지친 맘을 쉬고 싶어
발이 땅에 닿지 않는 이별 위를
혼자 허우적대며 걷지 않게 해줘

* song by_효린&창모(CHANGMO)

언젠가 기억의 단편에서 웃었던 울었던
감정은 말라 남은 게 없나 봐

풍경은 색깔을 잃어가고 사방이 어두워져
한때는 우리 좋았었는데

몰아치는 바람 속에
깊은 차 안의 정적
보이는 건 한 치 앞에 더 답답한 맘
거칠은 이 도로 위에
점점 지치는 우리 여정
날을 세워서 이젠 서롤 다치게 해

두 조각 조각난 공기
넌 다른 숨을 쉰다
두 조각 조각난 눈빛
넌 다른 꿈을 꾼다
두 조각 조각난 우리…

갈 길이 더 멀다 해도
다시 돌릴 순 없어
다른 꿈을 꾼다 해도 내 곁에 있어
아직 우린 한 사람도
먼저 내리지 않은 이상
아직 멀었어 길이 아닌 길이라도

* song by_동방신기(TVXQ!)

_ 네 가 머 무 는 방

천천히 고개를 돌리는 그 잔상이
아직도 나를 이렇게나 설레게 해
수없이 반했고 그럼에도 여전히
별수 없겠지 널 사랑할 수밖에

어디 있었어? 얼마나 내가 찾았는데
셀 수 없이 많은 벽을 두드렸는데
늘 내가 볼 수 있는 곳에 있으랬잖아

미로 같은 기억 가운데 낡은 문 뒤에
거꾸로 도는 벽시계, 새하얀 벽지
모든 게 그대로인 방 한 켠에
펼쳐진 책장, 서투른 글씨
모든 게 그대로인 맘 한 켠에

여긴 아직 우리
아무 일도 없이

포근한 스웨터에 밴 익숙한 향기
네 모든 게 아직 그대로인
얇은 피부 위에 밴 익숙한 손길
이 모든 게 아직 그대로인

기억 한 켠에

_ 비 디 오

모두 잠든 새벽
문득 모든 게 낯설고
바늘이 빠져버린 시계처럼
글씨가 사라진 책처럼
달랠 길 없는 텅 빈 마음
거기 구석에 놓인
오래된 테이프 하나
잡음과 함께 돌아가는
이름 없는 기억들
온갖 감정들의 파도
밀려가고 나면
드러나는 단면
맞아 나도
웃고 울고 떠들곤 했었지
사람들 사이에
서로만 아는 몸짓으로 춤을 췄고
안녕? 안녕 그 인사들 사이에
참 많은 일이 있었네
과거의 나, 과거의 당신들
모두 잠든 새벽
문득 모든 게 낯설고

_ 르 네 상 스

모든 게 너무 좋아서 불안한 마음
오랫동안 혼자 그랬어
이 모든 게 다 물거품이 될까 봐
슬픈 예감아 제발 빗나가줄래

내 가장 아름다운 시절 그 이름은 너야
나의 찬란했던 계절 그 중심엔 너잖아
내가 널 기억할게 미안해 안 해도 돼

잠깐 날 스쳐 지난 운명
잠시 나와 이대로
아무 일 없던 걸로
세상 가장 아름다운 춤을 춰
끝나지 않을 것처럼

너도 잊지 않았으면 해
내가 너의 맘에
꽃을 피웠단 걸

* song by_우주소녀

_ 서 운 하 면   안   되 는   사 람

네가 내게 먼저 하는 연락이 매우 드문 것도
쉽게 약속하고 쉽게 잊는 것도
대화 중에 자꾸 말을 흘려듣는 것도
함께 보낸 일들을 잘 기억하지 못하는 것도
'고마워'와 '미안해'를 입버릇처럼 자주 하는 것도
그렇게 많은 관심사에 나와 겹치는 게 없는 것도
누군가와 쉽게 사랑에 빠지는 것도
그런데 그게 항상 나는 아니란 것도

전부 다 너무 서운한데
진짜 눈물 나게 서운한데

나는 너한테 서운하면 안 되는 사람인 게
서운한 걸 티 내선 안 되는 사람인 게
그게 제일 서운해

_ My Rainbow

해묵은 안부를 묻지 않아도
널 마주 보고 있잖아
그래 그걸로 다 된 거야

어느 날 아침에 길을 나섰고
해 질 무렵이 되어
난 집으로 돌아온 거니까

이 공기도 내린 먼지마저 아늑해
익숙한 것을 둘러봐
이제야 난 조금 실감 나

하염없이 날 기다렸을
너의 고단함에
고였던 눈물이 툭

"많이 기다렸지? 다녀왔어"

손목에 멈춰있던 낡은 시곗바늘이
이제야 움직이기 시작했어

＊ song by_S.E.S.

_ 풍 경

쉽게 만날 수 없을 것만 같던 둘

물고기와 바람이 만나면
그토록 아름다운 소리가 났다

낯선 너와 나는
어떤 소리가 날까

_ 감 탄 사

세상에 존재하는 언어의 수만큼 모을 수 있는
사랑이라는 단어 대신

세상에 있는 모든 감탄사를
탄성과 찬사가 뒤섞인 그 외마디소리를
전부 끌어모아서
싹싹 긁어모아서
너에게 주고 싶다

나는 매번 매일 이렇게
색다르게 감탄 중이므로

내 심정을 표현하기에는
아무리 생각해도 감탄사만 한 게 없다

_ Closer

참 멀리 있나 봐
매일 다가가도 아득하기만 해

별똥별아, 안녕?
내 소원 들어주렴

한 걸음 가까이
한 뼘 더 가까이
하늘을 스치는 별에
내 맘을 담아 보낼게

꼭 이뤄줄 거야
오랜 기다림은 언젠가

날 비추는 달님
들어봐, 간직했던 나의 비밀

한 걸음 가까이
한 뼘 더 가까이
하늘을 스치는 별에
내 맘을 담아 보낼게

태양이 지우기 전에
너에게 닿길 기도해

* song by_오마이걸(OH MY GIRL)

_ Stay With Me

'나는 누구라고 해'
그 말도 하기 전인 걸
이유가 뭐 중요해
벌써 설레 버린 걸

그때 나도 모르게
이름 모를 너의 시간에
완전히 빠져버렸어

시침을 떼고 있는 너
분주히 널 맴도는 나
난 마음속으로 초를 세고
조금 티를 내보고
아마 넌 눈치가 없나 봐

괜찮아
한 손끝은 어느새 이미 닿았으니까

어디서도 너를 볼 수 있는 곳
여긴 둘만의 조그만 외딴섬

열두 칸씩 그리고 영원히

나랑 여기

하루 스물두 번

너를 만나고 그리워할 수 있도록

나랑 여기

※ song by_ 위키미키(Weki Meki)

_유 일 (有 日)

내가 없던 너의 시간
환한 얼굴 뒤편에 감춰진
다른 얼굴을 내게도 보여줄래?
숨은 이야기를 들려줄래?
네 맘이 준비되면, 그때

푹신한 베개 위
간밤에 몰래 내렸던 비
그 자욱을 감추지 않을 때까지
나는 아무것도 모르는 거야

이 자리에 서서 너를 기다릴게
이 기다림도 굳이 넌 몰라도 돼
창을 지나 내민 한 줄기 빛에
너의 뺨이 닿을 때
얇은 눈꺼풀 아래에서 춤추는 눈동자
인사를 건네기 직전
나는 이 순간이 가장 떨려

'좋은 아침'

그저 난 네 곁에 있어 줄게
늘 이렇게 적당히 따스하게
그래, 난 너에게 볕이 될게
그럼 넌 조금만 곁을 줄래

너의 맘을 잠시만 내어줄래
그 그늘진 곳까지 닿아볼게
그래, 난 너에게 볕이 될게
온 계절을 다 너를 위해
볕이 될게

_ 불공평 시간

시간은 모든 곳에서 투명한 물처럼 흐르다가
바위나 수초를 만나듯 사람을 만나면
방향과 형태가 바뀌어 흐른다

어떤 이를 만나면 가혹하고 차갑게
어떤 이를 만나면 무심하고 덧없게
어떤 이를 만나면 쏜살같고 아쉽게

그래도
너를 만나면 다정하고 느리게
그렇게 흘렀으면 좋겠다

_ 소 나 기

어딘가 달라 보였던
화창했던 오후였을까

아마 나의 맘에
뭔가 툭 떨어진 것 같은데
이상하게 설레던 내 맘

얼굴에 뭐가 묻은 건 아닌데
뚫어져라 빤히 날 보는데
아무 말도 못 하고 눈만 깜박였지
그때 갑자기 비 냄새가 났던 것 같아

혹시 넌 기억하니
한 방울 두 방울 떨어질 때에
그곳에 서 있던 너와 나

잔뜩 몰려온 구름 색깔도
어딘가 오묘한 느낌이었지

기억해 서로를 눈에 담고서
느리게, 느리게 흘러가던 순간을
나의 맘속에 예쁜 파스텔 빛 비가

처음 내리던 그 날을

* song by_오마이걸(OH MY GIRL)

나는 우리가 함께 있을 때 살짝 빗겨서 흐르는 시간과
낮게 머무는 게으른 공기가 좋아

나는 네가 한없이 달지만 찐득거리지는 않게 그렇게 나를
바라보는 그 눈빛이 좋아

나는 네가 나를 향해 다가오려다 멈칫거릴 때 나는
사탕 껍질 같은 바스락거림이 좋아

나는 우리의 대화가 겹친 자리에 새롭게 피어나는
너무나 똑같아서 놀라운 식물들과
너무나 생소해서 신기한 식물들을 바라보는 게 좋아

나는 우리가 우리이면서도
나는 온전히 나라서
너는 온전히 너라서 좋아

'아츄'
널 보면 재채기가 나올 것 같아
너만 보면 해주고 싶은 얘기가 참 많아

나의 입술이
너무 간지러워 참기가 힘들어

'아츄'
내 맘에 꽃가루가 떠다니나 봐
널 위해서 해주고 싶은 일들이 참 많아

나의 마음이 내 사랑이
더 이상은 삼키기 힘들어

* song by_러블리즈

_ 활 주 로

그렇게 선을 긋는 둥 마는 둥
어설프고 짤막하게 그어두면 어쩌란 거지

내 마음을 멈춰 세우려면
아주, 아주 긴 활주로가 필요할 텐데

_같은 시간 같은 자리

정류장에서 좀만 더
멀어도 좋을 텐데
보폭이 괜히 작아지곤 해

마음 같아선 보이는 벤치마다 잠시
앉았다가 가고 싶은데

마냥 신이 나 웃고 떠드는
너를 보며 걷는 길

한 발자국 그 걸음은 무거워
두 발자국 그 걸음은 아까워
세 발자국 그 걸음은 힘겨워
네 발자국 그 걸음은 아쉬워

다 왔다 안녕 잘 들어가
너 마저 보고 갈 테니까 어서 들어가
예쁜 뒷모습이 사라지고 나서
돌아서는 그 순간 벌써 네가 그리워

잘 자고 안녕 내일 만나
몇 시간 뒤면 기다렸던 주말이니까
데리러 올 테니 늦잠 자고 나서
이따 두시 거기서 우리 다시 만나자

※ song by_NCT DREAM

_ I Found Love

문득 무서운 생각이 들어
너는 아닌데 말이야
나만 들떠서 혼자 이러는 게 아닐까?

쪽지, 난 사랑이란 단어가 적힌
숨겨놓은 마음을 찾기
넓은 운동장에서 나는 이렇게나 바쁜 걸

너의 마음에 든 거 그 속에 든 거
등 뒤로 자꾸 감추는 게 무언지
누구 건지 누굴 위한 건지
시간을 돌려보면 알겠지

상자 속에 또 상자가 있어
아직 확실한 건 하나도 없고
그냥 한 번에 널 열어볼 순 없는 거니?

온통 나는 물음표만 가득해
분명 어딘가 방심했겠지
잘 봐 네가 알려주지 않아도
난 찾아내 볼 테니까

1분 흘러간 1초 날 보는 표정
조그만 단서 하나쯤은 있겠지
내가 뭔지 너한테 난 뭔지
시간을 돌려보면 알겠지

◂◂ ◂◂ ◂◂
내가 한눈을 팔 때
넌 나를 보고 있었네
◂◂ ◂◂ ◂◂
늘 내가 웃을 때마다
따라서 웃고 있던 너
◂◂ ◂◂ ◂◂
내가 예쁘다 했던
그 옷을 입고 있었네
◂◂ ◂◂ ◂◂
갑자기 가까워지면
나만큼 긴장했던 너

!!

* song by_오마이걸(OH MY GIRL)

매일 너를 찾아가 그냥 다시 돌아와
널 만난 그 후로 이렇게 너의
주위를 돌기 시작해

돌아올 순 없겠지 저 손잡이를 돌리면
저 굳게 닫혀있는 문
너머에 든 세상이 나는 궁금해

문이 열린 그 순간
내가 알던 세상과 다른 곳이 펼쳐져

네가 뜨고 지고 네가 피고 지고
너는 참 이렇게 따사로워
두 발이 닿는 곳
이 모든 게 다 너를 꼭 닮았어
나 살고 싶어 매일 매일 이곳에
살게 해줘 하루 종일 네 곁에

널 보는 날 보는 널 보는 나

잘 실감이 안 나 왜 꿈이 아닌 건지
나도 믿기지 않아 너 사람인 게 맞니

넌 모르겠지 아마 모를 거야
너를 향한 내 맘

넘어선 순간 돌이킬 수 없어
아니, 그보다 먼저 난 그럴 맘이 없어

참 다행이지 너를 알게 됐고
사랑하게 됐어

* song by_EXO-K

_ 문

너의 반경과 나의 반경이 겹치는 자리엔
못 보던 문이 생겨났다

그리고 나는 내내 그 문에 대해 생각했다

열기 전까지 열고 싶은 열망에
사로잡힌 채로

넌 지금 무슨 생각해
나는 너를 생각해
내 세상은 온통 너로 가득해

추위를 많이 타는 너
감기는 익숙하단 너
이 겨울이 네겐 다정했음 좋겠어
있잖아 그게 내 소원 중 하나야

오늘따라 왜 이렇게 보고 싶은지
널 조심스레 꺼내보다가
견딜 만해 사진 속 그리운 얼굴이
나를 보며 웃어주니까

눈이 올 것 같은데
너무 늦으면 안 돼
약속해
우리가 만나는 길이 엇갈리지 않게

* song by_EXO

_ 모퉁이

지금 서로를 확인할 수 없는 건
기다려도 보이지 않는 건
둘이 너무 멀어서가 아니라
모퉁이에 서 있어서 그런 거라고 생각해

예를 들면, 둘 다
'다음에 우연히 마주치면 그때는 꼭'
이런 마음을 갖고 있거나
하고 싶은 말을 썼다 지우기를 반복하다
'안녕! 나 기억하려나'만 남기고 보내기 버튼을 못 눌러서
내내 바라만 보고 있는 거지

단 몇 걸음의 용기면 만나질 사이
어쩌면 그게 지금 그 둘이라고 생각해
3, 2, 1… 곧

스치듯 흘러버린 미소로도
그저 가벼운 인사치레로도
어딘가 남긴 한 줄의 글귀로도
단 한 음절의 목소리로도
찰나의 눈 깜박임으로도
이미 충분했다

어차피 나는 당신을 사랑할 거였고
단지 조그만 핑계가 필요했을 뿐

진짜 놀란 게 뭔지 아니
알람이 다정한 거 설레는 거

유난히 무겁던 눈꺼풀이
번쩍 떠지는 거 가벼운 거

어딘가 전부 다 낯선 이 기분
침대와 벽지
창밖도 다
어딘가 멀리 떠나온 기분
딱 그 느낌이야

네가 내게 온 그날 후로
부쩍 친절한 이 도시가 날 반겨주는 걸

좋은 일이 생길 것 같아
참 걷고 싶은 날이야 다 손을 흔들며

사랑이란 한순간
나를 낯선 곳에 데려와
정말 사랑이란 한순간
나를 낯선 곳에 데려와

* song by_윤하

_Butterfly

너무나 완벽한 오후
그 후로 시작된 설렘

너의 이름을 말할 땐
아주 비밀스런 틈을 엿본 아이처럼
낯설고 묘한 기분이야

너란 계절이 바람결에 불어오듯이
널 생각하면 부스스하게
머리칼이 흩어지곤 해

아마 사랑인가 봐
너를 떠올린 모든 순간
나비가 내 맘에 날아

* song by_유리(YURI)

_ 수 心

어떤 호수는 너무 탁해서
수심을 알 수 없고

어떤 호수는 너무 맑아서
수심을 알 수 없다

두 곳 다 빠질까 두려웠다
다른 의미로

좀 오래된 장면 속에 빠진 느낌
난 어느새 네게 손을 뻗어
네 동그란 맘의 결을 읽어

난 마음에 들어
너의 아날로그 감성이
날 위해서 예쁜 시를 쓰고
날 위해서 노래를 들려줘

발끝으로 난 널 맴돌아
난 춤을 춰 난 꿈을 꿔
나른한 기분

다가가고 있어 우린 조금 느리게
두 발을 맞춰보고 있어 조금 서툴게
가장자리 바깥부터 조금 느리게
너의 마음 안쪽까지 조금 서툴게

그 눈빛
이 손길
넌 놀라워

* song by_Red Velvet(레드벨벳)

_ 우 리 가 사 랑 하 는 방 식

네가 나를 위해 가지런히 내어둔
야트막한 결과 길을 따라
손끝으로 그 마음을 쓸어가듯 만지고
발끝으로 그 마음을 미끄러지듯 걷는다

우리의 모든 순간들은 그렇게 노래가 되었고
그 노래의 제목은 틀림없이
사랑이었다

먼지 앉은 방 바싹 시든 꽃
녹아 굳어버린 타다 남은 초
벽시계는 언젠가부터
눈금 한 칸도 머나먼 여정
포장해 말하면 이건 평화로움
솔직히 말하면 그저 무료함
아주 오래된 이야기 같아
사랑이란 걸 속삭이던 때

우선 내가 이 방에서 나간 다음에
문 앞에 서서 다시 노크할게
(슬레이트를 친다-#2)
그러면 넌 처음인 듯 날 뜨겁게 맞아줘

난 문을 닫아 넌 커튼을 쳐
살짝 포개어진 둘의 그림자
또 때맞춰 흘러나오는
낯선 음악에 우린 춤을 춰
이곳은 어쩌면 멀리 외딴섬
다시 사랑에 빠진 너와 나
이런 떨림에 밤새 취해 난
더 끌어당겨 너를 취할래

나의 ○○을 울렸다
제대로 울렸다

밧줄을 당겨 이리저리 흔들리던
어느 광장 교회 꼭대기의 종소리보다는
인적 드문 산속에 있는 절 뒤편
내 키만 한 종鐘이 진동하듯

가슴이 새처럼 들썩거리는 떨림보다는
패인 자리로 빨려드는 모래처럼 안으로
안으로 하염없이 꺼지듯

때마침 내려 촉촉이 스며드는 단비보다는
비가 억수처럼 내린 다음 날 아침 폭포 쏟아지듯

이런 울림은
피부가 아닌 **뼛속**에 새겨지는 것

마음에 물결치는 게 아니라
마음을 휘저어버리는 것

_ 심 금

_ 심 해 心 海

마음이라는 바다

자꾸 멋대로야
나는 왠지 마음이란 게 참 어려워

걷잡을 수 없는 이 테두릴
오늘도 한참을 맴돌곤 해

잠깐 비가 온 뒤 고인 웅덩이
이 수면 위에 담긴 네 모습이
눈뜨면 몇 배씩
호수보다 점점 커져가다 바다가 돼

마음이란 바다
저기 끝이 난 아득해
널 바라보다 나도 모르게 어느새 깜짝
발이 닿지 않아 겁이 나지만
처음 느껴보는 떨림이야
손을 저으면 네가 느껴져

자꾸 네 생각이 떠올라버려
하루에도 몇 번씩
투명했던 여기 널 한 방울
톡 떨어트렸을 뿐인데

순식간에 번져 버렸고 전부 너야

혼자서 또 어디까지 흘러온 걸까
돌아갈 방향도 모르는데

네가 너무 많이 좋은 나머지
뭘 어떡해야 할지도 모르지
널 보면 내 맘이 호수보다
점점 커져가다 바다가 돼

마음이란 바다
저기 끝이 난 아득해
널 바라보다 나도 모르게 어느새 깜짝
발이 닿지 않아 겁이 나지만
처음 느껴보는 떨림이야
손을 저으면 네가 느껴져

* song by_오마이걸(OH MY GIRL)

part 2. 이성

너는 이제 내게 얼룩도 아닌 사람
남은 것은 네가 아닌 시간의 몫

_그의 몫

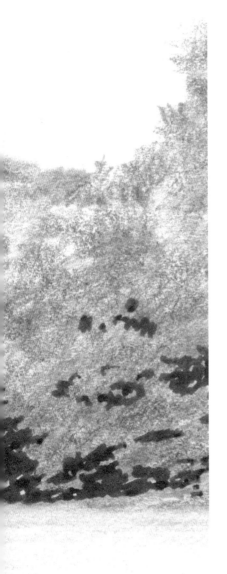

그래, 너는 충분히 했다

이제 네가 할 수 있는 것은
그냥 두기

그는 거기 맺히고 쌓인 감정들을
숙성시켜 약으로 만들거나
독을 피우거나 아주 썩히거나

어쨌든
무엇인가는 할 것이므로

남은 것은 이제 네가 아닌 시간의 몫

너는 나에게 마음을 건넨다
부탁하는 듯한 어정쩡한 손길로
조금 민망하고 어색한 웃음을 머금고

나는 받아들며
당연히 알았다

이걸 멋대로 열어선 안 된다는 것
그리고 아마 내 것이 아니라는 것

_ㄱ 하나

네가 멀리서 내게
고갯짓 한 번, 손짓 한 번 까딱거려
'와라' 신호하면

내가 그곳에 닿는 데 걸리는 시간은
'와라'에 겨우 'ㄱ' 하나 붙이는 데 필요한 시간

다시 말해,
불필요한 과정들 다 제외하고 남은
'순시간'에 'ㄱ' 하나 붙이는 데 필요한 시간

_ 샤 워

대청소를 했다
집에 너 닿은 거, 너 묻은 거
다 치우고 다 지우고 나니
이제 나만 남았다

마지막으로 나는
욕실로 가서
샤워기를 튼다
(쏴아―)너 닿은 몸
(쏴아―)너 묻은 맘
(쏴아―)너 닿은 낮
(쏴아―)너 묻은 밤

평소보다 조금 긴
이 샤워가 끝나면
너는 이제 내게
얼룩도 아닌 사람

_ 마침

너는 마침 거기 있었던 거고
나는 마침 거길 지나던 거고
그 이상도 이하도 아니었으므로

너는 마침 그때 웃음이 났던 거고
나와 마침 눈이 마주쳤던 거고
그 이상도 이하도 아니었으므로

그날 혼자 시작된 이 감정을 그만
마침

_ 설 마

고작 선 하나와 고작 원 하나가
설마를 절망으로 바꾸는 데 걸리는 시간은
애석하게도 항상 찰나

_ 해 진 다

이제 우리는 대수롭지 않은 것들을 궁금해하지 않는다
어제는 푹 잤는지
점심엔 뭘 먹었는지
겉옷은 어떤 것을 입었는지
지금 몸에 당이나 카페인이 떨어지진 않았는지
새로 발견한 좋은 음악은 뭐가 있는지

해는 뜨고 가장 높은 곳에 올랐다가
이제 지는 일만 남았다
우리는 아마 예닐곱 시쯤 됐을까
저기 멀리, 해 진다
소원해 진다
뜸해 진다

_ 이 별 뒷 면

좁은 골목길은 또 하염없이 멀어져
마주 앉은 탁자 반대편마저도
뻗어 봐도 맞닿을 수가 없어서

내 맘 언제부턴가 긴 그늘을 드리워
우리는 서로가 괜찮다 하는데
완전히 돌아갈 수는 없는 걸
감았다 떠보니 너무 멀리 와있어

그대 이유 같은 거 찾는 얼굴 말아요
우리는 충분히 할 만큼 했는 걸
그러니 더 아무 말도 말아줘
그저 날 보면서 예전처럼 웃어줘

이제 이별 뒷면에 서 있는 우리
내게 넌 벅차도록 행복했던 꿈
이제 마지막 장을 넘겨야겠어
많이 아플 테지만 언젠가는 해야겠지

고마웠어 여기까지

* song by_ 권진아

_ 지독하게 아무것도

나는 이제 알겠다
내가 행복과 우울 사이를 쉴 새 없이 오간 이유
환희와 절망을 초 단위로 느꼈던 이유

그건 당신의 말과 행동 때문이 아니라
나의 상상력과 바람 때문이라는 것을

사실 당신은 지독하게 아무것도 안 했다

_ 사 랑 방 식

둘은 애초에 방식이 달랐으므로
시간이 지남에 따라 더욱
극명하게 갈릴 수밖에 없었다

한쪽은 누적되는 방식
한쪽은 차감하는 방식

한쪽은 과하게 넘치고
한쪽은 빚잔치 중이고

이제
두 쪽 모두 감당이 안 되기는
매한가지

_ 호 들 갑

옷깃도 아무것도 아닌
그림자 끝자락이나 겨우 스쳤을까
만난 것도, 겹친 것도, 포개진 것도 아니었는데

나는 대체 무엇을 기대하고
그리도 야단스러웠나

그냥
부유하다
거기 잠시 내려앉았을 뿐인 것을

_ 어 떤 헤 어 짐

'그만할까'
'그래'

어떤 헤어짐은
알람 끄듯이
기지개 켜듯이
먼지 털듯이
계란 뒤집듯이
화분에 마른 가지 툭 부러트리듯이
문 한 번 여닫듯이
쉽다

그리고 밖을 나서도
하늘 안 뒤집히고
세상 안 무너지고
날씨는 화창하고
누구 하나 관심 없이
제 갈 길 가느라 바쁘고
만날 때는 온 우주가
도운 줄 알았는데
헤어질 때 보니
별거 없다

_ 어떤 최선

정말 고맙게도
넌 나를 위해 노력하고 최선을 다했다

복에 겨운 소리지만
난 그게 이따금 슬펐다

나는 숨 쉬듯이 되는 걸
너는 노력해야 한다는 사실이

한 사람은 급하고
한 사람은 느긋했다

한 사람은 뜨겁고
한 사람은 미지근했다

한 사람은 늘 미안해하고
한 사람은 늘 괜찮은 척했다

어떤 결말은 부단히 열어두어도
앞에서 아무리 부지런히 서성여도
저절로 닫히는 거더라
저 자동문처럼

지금 내 앞에 있는 너처럼

가만히 돌이켜보면
모든 장면마다
무심코 흘러가는 대사마다
수없이 깔려있었던

복_복_복_복_복_

나는 왜 이제야 소름 끼치게 와닿는지

도대체 너는 이 순간을 언제부터 그려왔던 걸까

_ 복 선

_소 멸 직 전

젠장, 그냥 가요

그 눈빛에서 측은을 읽었으니까
그렇게 보고 있으면 내가 점점 작아져서
곧 사라져버릴 것만 같으니까

어쩌면 조금 지쳤나 봐요
오늘은 이 모든 게 약간 버겁게 느껴지네요

뻔한 얘기는 그만둡시다
언젠가 괜찮아질 거란 건 나도 알아요
근데 그럼 뭐해
지금 당장 오늘의 내가 안 괜찮은데요

속도 없고 눈치도 없이
친구들한테 정신 못 차린다고 욕먹어가며
누군 기다리고 싶어서 기다리나

만날 땐 부드럽고 다정했어도
헤어질 땐 그래도 매몰차게 하자

만날 땐 어설퍼도 되는데
헤어질 땐 제발 어설프게 하지 말자

진짜 그러지 말자
인간적으로

_ Shoot Out

반쯤 넋 나간 채로
무거운 다리를 끌며 걸어
헤매 난 어딘가 찾아 그 누군가

네가 없는 황혼에서 새벽
발목을 움켜잡은 이건 이별
어둠 속에 위태롭게 휘청이고 있어

날 위해
독하게

어차피 다 끝났다면
네 맘이 떠났다면
희망도 남김없이 버려

날 위해
한 방에

언젠가는 온다니
그게 더 잔인하게 들려
어서 더 차갑게

* song by_몬스타엑스

_ Psycho

왜 끝도 없이 날 망쳐놓으려 해
이 추락은 어디까진 걸까

나도 날 통제할 수가 없어
난 무표정 위로 쓴웃음을 지어

보다시피 위태로워
가까이 와줘 난 네가 필요해

깨질 듯해 머릿속이
어서 물러서 거리를 둬

또 기억을 잃은 듯해 익숙해 이젠
꼭 내 말만 들어야 해
아니 내 눈을 믿어야 돼

나도 날 모르겠어
난 선한 건지 악한 건지
저 거울 속 싸이코

＊ song by_백현(BAEKHYUN)

미 (迷) 어른

사실 이곳에서 부지런히
걷거나 뛰고 있는 이들 중에도
길 잃은 사람은 천지이다

다만 그렇지 않은 척을 할 뿐

길 한복판에 서서
어디로 가야 하는지 모르겠다며
여기가 어딘지 모르겠다며
엉엉 우는 어른은 없으니까

아이는 보호자를 찾아주면 되지만
어른은 어떡하지

여기에 미아는 없는데
미어른은 천지다

_ 미 열 (ME, 10)

이제 와 보니
네가 서둘러 배우지 않았어도 되는 것들이 있었다

예를 들면
빨리 어른이 되는 법이나
혼자 소리 없이 우는 법이나
감정을 숨기는 법이나
아무것도, 아무에게도 기대하지 않는 법이나
내내 앓고 있으면서도 티 내지 않는 법 같은 것들

_ 미스물스 (*Me*, *20s*)
스물 즈음

부디 바라건대
제 감정이 벅차오를 때면
아무 때고 너의 마음을 꺼내다가—씻지도 않은 손으로—
쓰다듬고 주물럭거리면서
'봐라, 내가 널 이렇게나 사랑하고 아끼고 있다'
이런 의기양양한 표정을 짓는 이와는 절대, 절대로 만나지 말 것아, 걔요?

걘 뭐랄까
도통 알 수가 없다고 할까
느릿느릿한데 순식간에 옆에 와있어요
느슨하게 잡힌 것 같긴 한데
도무지 움직일 수도 빠져나갈 수도 없는 거 있죠

그 이름의 어감에 안심하면 안 돼요
매너는 개뿔
아주 지독하고 몹쓸 놈이니까

_ 매 너 리 즘

나한테 신경 좀 쓰세요.

어떤 인간에게는 **쌍기역**이 되고
어떤 사람에게는 **쌍시옷**이 되는 마법

_ 걷 는 날

지금 헤어지자는 거냐고?

아니

나는 널 걷는 중이야
널 걷어내는 중이야

널 걷었을 때
너 너머로 보이는 풍경은 여전히 아름다울 거고
네가 걷히고 나면
이 자리엔 눈부신 햇살이 밀려들 거야

합의 하에
이 관계를 끝내자는 게 아니야

지금 너는 나한테서 완전히 걷히는 거야

_ 시옷, 쌍시옷

그 '었'이라는 말 참 싫다
그 비슷한 '엇'이라는 말도 그래

왜 왜 왜
왜 그래야 하는데
우리 사이에
왜 벌써 그런 게 붙어야 하는데, 어?
　　　　　　　　　　　　ㅅㅆ

_ 일시 정지?

일시 정지?
나한테는 그런 버튼이 없어
'재생' 혹은 '정지'
그렇게 딱 두 가지만 있어

나는 너처럼 지금 이 상태 그대로 멈춰두고
생각할 시간을 무한정 갖는 건 못해
아무 사이도 아닌 상태로 즉, 진공 상태로
숨을 참으면서 언제까지고 기다리는 건 못해

나는 그래
계속 틀어놓든지
영영 꺼버리든지

_ 치 , 사 랑 을 뭐 그 렇 게 해

나는 그때 널 유심히 바라보고 있다가
항상 네가 보여주는 것보다 조금 덜 내어놓았다

네가 사랑을 꺼내면 나는 좋다를 꺼냈고
네가 좋냐고 물으면 나는 괜찮다고 했다

당연히 잘될 리가 없었다
그렇게 치사하게 했으니

그러는 거 아니야

호기심에 눌러보는 것도
시간 날 때 들르는 것도
심심할 때 굴리는 것도
필요할 때 부르는 것도
싫증 날 때 무르는 것도

아니야
누구의 진심은

_ 소 모

안 반가운 사람과 반갑게 인사해야 할 때
듣자마자 거절하고 싶은 부탁을 들었을 때
재미없는 애기를 기이이이이이일게 들어줄 때
선을 넘지 않도록 자꾸자꾸 주의를 줘야 할 때
이상하게 나만 혼자 예민한 사람이 될 때

그때마다 작은 벌레가 기어 다니면서
티 안 나게 나를 조금씩 갉아먹는 느낌이 들어

그래 소모적인 일이 너무 많아
그래 소모
'그래소 모'

너는 나를 똑바로 바라보지 않고
항상 고개를 왼쪽으로 한껏 −90도 가까이− 꺾은 다음
나에게서 1 1 ㅇ 1 ㅁ을 찾는다

열심히 하나하나 찾아 읊은 후
'그럼에도 널 사랑한다'는 틀렸다

진짜 나를 사랑한다면
내 1 1 ㅇ 1 ㅁ은 그저 알 수 없는 기호에 지나지 않았어야 한다
애초에 네게 그런 건 보이지도 않았어야 한다

나를 비춰 보았을 때
심하게 모습을 왜곡하거나
마치 다른 사람같이 변형시키는 렌즈는 과감히 버릴 것
(특히 몹시 부족하거나, 어딘가 이상하거나, 끔찍하게 느껴질 땐
당장 그 앞에서 벗어날 것)

항상 나를 있는 그대로 보여주는 렌즈에 나를 담을 것
(다만 조금 더 괜찮은 사람으로 보이도록 살짝 보정해주는 건 예외로 둠)

어떻게 비칠지가 두려워 나를 감추거나 숨기지 말 것
(여기서 렌즈는 모든 눈동자를 포함한다)

-누군가가 듣기를 원하는 말 대신-
당신이 당신의 생각과 감정을 말하는 것

-누군가의 기분을 신경 쓰기 전에-
당신이 당신의 기분을 먼저 살피는 것

-누군가가 원할 법한 모습 대신-
당신이 스스로 원하는 모습인 것

그 모든 건 너무나 당연한 것
하나도 이기적이지 않은 것

그거 이기? 전혀 안 이기

저들이 누군지는 중요하지 않아
중요한 건 '당신이 누구인지' 그것뿐

너무 끌려다니지 마
너무 맞춰주지도 마
하나 분명한 건 '넌 천사가 아냐'

그래, 당신은 좀 악해져도 돼
더 독해져도 돼요

주제넘었다면 미안해
근데 꼭 말해주고 싶었어
'그래도 돼요'

눈치 주는 ○○ 닦달하는 ○○
날 숨 막히게 하는 ○○
거기다 내 꼬투리를 잡으려 혈안이 된 ○○까지

상상해봐
나는 24시간 시계가 가득한 방 안에 갇혀있어

시계마다 시침과 분침은 없고
초침만 몇 개씩 있어

심지어 무소음이나 저소음 시계도 아니야

내 기분을 조금은 알겠니?

_ 쇳물

화는 뜨거운 쇳물 같아서
아주 조심히 다뤄야 하고
식히고 다듬는 데도 오랜 시간과 노력이 필요하다

속에서 들끓는 감정을 견디고 인내하고 정리하는 동안
대부분은 식어서 무뎌지고 적당한 온기만 남게 되지만
어떤 땐 모든 걸 한 번에 베어버릴 만큼 날카롭게 변하는가 하면
손댈 수도 없을 만큼 차갑게 식어버리기도 한다

그래서일까
마음을 추스르고, 말과 행동을 삼키고 또 삼가는 동안
속에서는 계속 비릿한 쇠 냄새가 나고
귓가에는 쉴 새 없이 쇳덩이 가는 소리가 들렸다

_ 이 래 봬 도

내가 '이래 봬도'

이 말 뒤에는 늘 자랑이나 허세가 줄줄 따라와서 '뭐야' 싶다가도

어쩐지 딱하게 느껴지는 이유는
1 자신이 '현재' 어떻게 보이는지 알고 있음
2 그런 시선들에 너무나 신경이 쓰이는 상태
이 두 가지 사실 때문이다

우리 마음에 머무는 부정적인 감정들을
애써 부정하지 않기로 해

외로움을 인정하면 불필요한 관계로부터 자유로울 수 있고
불안을 인정하면 현재를 가장한 미래로부터 자유로울 수 있고
무료함을 인정하면 온갖 자극적인 것들로부터 자유로울 수 있어

단지 외로워서 곁에 두려는 사람들
불안에 사로잡혀 흘려보내는 시간들
따분함에서 벗어나려는 발버둥
그 모든 것은 우릴 더 깊은 곳으로 가라앉게 만들지도 모르니

A는 흉을 찾아내는 데 소질이 있다
보일락 말락 하는 것도 어찌나 잘 찾는지
신기神氣에 가까웠다

B는 알게 되었다

그 흉은 사실 A의 눈 안쪽에 진 흉
실은 A의 입속에 굴러다니는 흉
아마 A의 심보에 빗금처럼 그어진 흉

그것도 모르고 A는 그것을 보는 능력을
여기저기 자랑하고 다니기 바빴다

쯧쯧

_ 흉 보 는   사 람

나는 영원히 그 이름에
설레거나
아프거나
심장이 내려앉겠지만

그건 지극히 저의 개인적인 문제니까
당신은 염려 마요

내 상황에 어설프게 끼어들지 마요

감히 그럴 생각도 마요

네 마음은 이미 바닥이 보이기 시작하는데

나는 줄 만큼 주고
찢을 만큼 찢고
비울 만큼 비우고
버릴 만큼 밖에 내다 버리고 와도
왜 또 이만큼 쌓여있는 걸까

_ 진 지 병

'밉다' '싫다' '나빴다'
'어이없다' '참 못됐다'
'재수 없다' '나도 됐다'
이 말들이 다 '좋아서 난리 중'의 집합 안에
들어 있는 낱말들이라니

사실 내 병명은 나도 알아요
쓸데없이 혼자 진지한 마음이 해로운 것도 알고요
근데 날마다 더 심해지는데 어떡해요

그 애처럼 적당히 가벼워도 되는데
나는 그걸 못해서
그 앨 조금만 뒤로 밀어두면 되는데
고작 그걸 못해서

_ 삼 킨 말

삼켰-지만 완전히 삼키지는 않았-던 말을
아주 삼켜버렸다

당신이 아마 나를 유심히 보았다면

내 목 언저리에 불편하게 걸린 게 무엇인지
궁금해하지 않을까 했는데

그 목젖 같은 게 뭐냐고 물으면
못 이긴 척 캑캑대며 뱉어내 볼 참이었는데

당신은 묻지 않았고
나는 삼켜버렸다
소화해버렸다

의식의 흐름

나는 자꾸만 그쪽으로 흘러간다

고장 난 뽑기 기계처럼
뭘 넣고 돌려도 항상 당신이 튀어나오고

어디서 출발을 해도 결국엔 거기 가 있다

아무리 방향을 틀어보아도
이 물길을 바꿀 수가 없다

실 감기

멀리서 하염없이 풀어지기만 할 뿐
너무나 쉽게 당겨오는 실을
무작정 이쪽에서 끌어다 감아보는 일

무료함은 얼마든지 참을 수 있지만
왠지 모를 불안함이 자꾸만 날 괴롭혀서
이 일을 얼마나 더 계속할 수 있을지

아무리 감아도 끝이 보이지 않는 관계
그 작은 매듭 하나 없는 매끄러운 관계
소름 끼치도록 무게가 느껴지지 않는 관계

알 수 없다
너는 다른 끝을 잡고는 있는 걸까

'그러게 왜 괜히 쓸데없는 용기를 내서…'
이런 후회는 기껏해야 이불 몇 번 차고
음소거로 소리 몇 번 지르고 나면
한 계절을 채 넘기기도 힘든 후회

'그때 왜 용기 내지 못해서…'
이런 후회는 어쩌면 마음 한편에 평생을 웅크리고
잊을 만하면 자신을 괴롭힐지도 모를 후회

_ 알 량

꽃이 맺히던 그 순간부터
벌써 울 필요는 없었던 것을

마지막까지 나는 왜
내내 불안한 눈으로만
너를 바라봤을까

이별이 너무 두려운 나머지
이별에 빈틈없이 사로잡혀 있다가

결국 떨어지는 순간에서야,
그것 보라며
이럴 줄 알았다며
짧게 한숨짓던
알량한 마음

_ 무 기 력

열지 못하는 문
깨지 못하는 꿈

조금만 더 여기 이렇게 있을게

굳이 무얼 잊어야 하는 이유도
예전의 나를 되찾을 기력도 없어
다시 일어나서 잘 지내볼 각오도
지금 내가 처한 현실감각도 없어

멀리 하루가 저물어 가는 대로
이 감정이 나를 휩쓸어 가는 대로

그래, 고작 저 문 하나를 못 열어서
맞아, 고작 이 눈꺼풀 하나 못 들어서

_ 단짠 말고

단짠 말고 조금 밍밍한 사람이 좋아
단짠 말고 조금 심심한 사람이 좋아
좀 싱거운 사람, 그래서 네가 좋아

어렸을 때, 철없을 때 널 만났다면
내가 널 못 알아봤을지도 몰라
그때는 왜 대개 자극적인 걸 좋아하잖아
나도 그랬거든

단 사람 짠 사람
오래는 안 되겠더라
질리기도 하고 해롭기도 하고

단짠 말고 좀 싱거운 사람
그래서 네가 좋아

_상대성 이론

왜 아직까지도 너는 내가
원래 헤헤거리고
원래 실실거리고
원래 속도 없고
원래 자존심 같은 거 없게
원래 이렇게 태어났다고 생각하는 걸까

생각을 해봐
원래 그런 사람이 어디 있어

나도 이기적인 사람이야
지는 게 싫은 사람이고

너니까 그랬던 거지

_탈숫자 선언

나는 나 자신이 숫자에 지나치게 얽매이지 않고
자유롭기를 바란다

나를 수치화하는 작업은 주로
타인이 나를 간편하게 규정하기 위해
이루어지는 경우가 대부분이다

예를 들면 몇 번째, 몇 등, 몇 센티, 몇 킬로, 몇 살, 몇 평,
몇 원, 몇 퍼센트 등

진짜 중요한 것들은 숫자로 나타낼 수 없는 경우가 많다

예를 들면 나의 느낌이나 생각, 가치관, 좋아하는 것,
혹은 삶의 방식 같은 것들

part 3. 상상

하늘 위의 고래, 바닷속의 구름
두 눈을 커다랗게 뜨고 꾸는 꿈

이 행성은 중력이 아주 약해서
마음껏 떠다닐 수 있어
쪽팔리게 넘어질 일도 없지
네가 원하면 언제든 들러도 좋아

이곳에서
사람이나 사물, 시간이나 공간은
접혔다 펼쳐지고 사라졌다 나타나고
모이고 폭발하기도 해

네가 서 있는 현실과
동전 뒷면처럼 가까우면서
동시에 까마득하게 먼
너의 놀이터이자 도피처

기억해
이 행성의 이름은 사ㅇ사ㅇ이야

_ *Run*

어디든 좋아 우리 오늘 밤 떠나볼래?
하늘은 파랗고 별은 가득한 그런 곳에

조금만 더 달려 거의 온 것 같아
겁먹지는 말고 여기 내가 있어

호기심 가득한 너의 그 두 눈에 많은 걸 보여주고파
여기서 너와 나 시간을 멈춰버려요

엉뚱한 상상 모두 가능해 그게 뭐든
동화 속 환상 그저 여기선 일상이 돼

다시 한 번 네게 빠져들고 있어
너란 아인 정말 신기한 것 같아

시간을 뒤집어 첨으로 돌아가 내 마음을 전해주고파
여기서 너와 나 시간을 멈춰버려요
날 따라와

∗ song by_EXO-K

_ B612

네가 나를 살펴보면
난 더 부끄러워 움츠러들고 있어
조심스런 나의 맘과 뾰족한 가시까지
사랑해줘

나는 알고 싶어
네가 간직해온 비밀과 소년과 같은 맘
네가 여행했던 세상과 비행은 어땠어?

나를 바라봐줘
너의 정원에 핀 유일한 조그만 나의 맘
너의 유일한 친구이자 연인일 테니까

우린 먼 우주를 돌아서 만난
그런 느낌이 들어
이 별에서

* song by_오마이걸(OH MY GIRL)

_ 나의 우주

내 눈꺼풀 안쪽에는 우주가 담겨있어서
어딘가로 멀리 날아가 보고 싶을 때나
천장이 유난히 낮아 답답해 보이는 날이면
그저 눈을 감기만 하면 되었다

_ 유 성

'위험' 싸인 위 불빛이 켜져
두 귓가엔 알람이 마구 울리고
왜 이러는 거야 나답지가 않아
침착해줘

벗어나 이렇게 난 매번
네게만 더 반응을 하는지
내 맘이 이러다 또 탈이 날지 몰라
궤도를 지켜

별일 아니란 듯이 안녕?
자, 그럼 또 안녕!
잠깐 인사한 뒤
너의 먼발치에서 난 불시착

온 힘을 다해서
너를 스쳐 가는 걸
아님 단숨에 너를 안아버릴 테니

스쳐 가 버렸지만
날 봤을까

온 힘을 다해도
다시 네게 가는 걸
나는 그때 왜 너를 알아버린 건지

스쳐 간 나였지만
날 잊지 마

＊ song by_오마이걸(OH MY GIRL)

_ LIAR LIAR

난 핑크빛 바다 위
한 마리 고래

감정의 파도 위는 롤러코스터
씩씩하다가 의기소침해져

누가 내게 알려줘요
지금 나는 어디로 가야 하죠

머릿속에 어질러진 섬들을 맞춰도
모르겠어 그 사람도 날 사랑할까

밤새 난 이불을 뒤척뒤척
상상의 바다를 첨벙첨벙

시계는 벌써 더 기울고 있어
난 지금 꿈과 현실의 중간
상상은 벌써 이 지구를 돌아
내 맘은 훌쩍 널 향해 갔어

어느 멋진 바닷가
마중 나온 저 사람
다가와 줘
다가와 ㅈ … *Zzzzzzzz*

※ song by_오마이걸(OH MY GIRL)

_ *Agit*

불 꺼진 나의 아지트

소리가 나면 큰일
운동화로 갈아 신고

현관을 지나 거실 또 다른 방
긴 창문 너머 보이는 나의 그림자
내 발자국 하나하나 남지 않도록
도둑고양이처럼 몰래 다녀올 거야

그가 누굴 여기 담았는지
누구에게 가슴 뛰는지
꼭 확인해보고 싶어
내 눈으로 가장 제일 먼저

분명히 여기 어디쯤
그의 마음 제일 안쪽에
분명히 내 생각엔 이 어딘가에
중요한 그 단서가 물론
그게 나였음 좋겠지만
난 그의 모든 게 참 궁금해

비밀스런 이 밤에
숨어들어 그 맘에
쉿, 아무도 모르게

＊ song by_오마이걸(OH MY GIRL)

오늘은 푹 그냥 잘 거야
네 생각은 절대 안 할 거야
불 끄고 두 눈 감은 그 순간 바스락

갑자기 막 빨라지는 심장이
날 쳐다보는 인형들의 눈빛이
또 살짝 흔들린 것 같은 커튼이 누구야

열두 시도 아직은 멀었고
13일의 금요일도 아닌데
할로윈도 아니고
보름달이 뜨는 날도 아닌데
자꾸자꾸 아른거리고 자꾸자꾸 귀에 맴돌고
분명해 이건 너인 걸

내 맘속에 있는 문들 창문들까지
다 걸어 잠그고 확인을 해봐도
또 유령처럼 넌 벽을 넘어
여기 내 맘을 흔들어 나를 흔들어

넌 그림자처럼 잠깐 설렜던
기억 뒤에 숨어서
날 보며 웃고 있어

＊ song by_오마이걸(OH MY GIRL)

_ Illusion

모자에서 하얀 토낄 꺼내거나
조그만 새가 사라지는 것
그건 너무 쉽잖아

춤을 추는 우주에 빼곡한 별빛
그 사이를 떠다니는 기분
하늘 위의 고래
바닷속의 구름
더운 날의 흰 눈
그쯤은 돼야죠

사람들이 믿든지 말든지 중요하지 않아
난 너만 눈을 크게 뜨고
내 곁에만 있어 주면 돼요

우리만 알기로 해요
지금부터 보게 될 건
둘만의 비밀인 걸요
내가 좋아하는 네가 나를 좋아하는 그런 건
무엇보다 더 대단하고 엄청난 일이야

어쩌면 사랑이란
두 사람이 꾸는 꿈
같은 꿈을 나눠 가질 거예요

어쩌면 사랑이란
보면서도 믿기 힘든 일일 거야
이제 시작하니 잘 봐
놀라울 거예요

＊ song by_오마이걸(OH MY GIRL)

"어떤 아이의 아쿠아리움에는 반짝거리는 꽃들이 유영하고
다른 아이의 정원에는 다양한 빛깔의 물고기들이 만발했다"

참 다행이야
마음이라는 건
이해라는 영역의 바깥에 있어서

그게 아니었다면 나는 네게 이 장면을 설명하느라
얼마나 애를 먹어야만 했을까

_ Toy

모두 잠든 오늘 밤에 마법을 좀 부려볼까
불이 꺼진 네 맘속에 소란을 좀 피워볼까

내 생각을 감당하기엔
여긴 너무 캄캄하고 비좁은 걸
밖엔 정말 재밌는 일이 넘쳐나
네모난 세상을 뒤집어 볼까

하루 종일 예쁜 척 그건 너무 지겨워
너 없다고 눈물을 훌쩍? 세상에 never!

너밖에는 없는 척 그건 너무 외로워
널 따라서 시간이 째깍? 세상에 never!

I'm transforming now*

눈치 볼 필요 없어
공기마저 새로워

* 여자장난감이라면 언제든 변신(Transformation)쯤 가뿐하지

* song by_f(x)

_마음 (*취급주의)

아직 열어보지 말아요
호기심이 생겨도

떨어트리지도 말아요
그럼 나는 깨져버릴 테니

여기 내 마음이 있어요
좀 더 조심해줘요
유리같이 섬세한 거니까

너를 바라봤었어
담벼락 저 너머로
사라질 때까지 까치발을 들고서

받는 사람 자리에
너의 이름을 쓰고
나 이젠 너에게 전할래

꼬깃꼬깃 접은 고백들과
아직 사랑에 서투른 내 맘
조심조심 여기 모두 담아
보내요 보내 드려요
그대에게

* song by_러블리즈

메아리

이 느낌 난 왠지
꿈에서 본 적 있었는지
왜 낯설지가 않니

정글 숲 야자나무
나에겐 설렘이란 사실
초록빛에 가깝지

온종일 오르락내리락
이런 맘을 너는 알긴 할까
그래 거기 안녕, 좋은 아침!
난 말야 아무도 못 가본
멀리까지 더 가볼 거야
사랑이란 모험이야

내 맘이, 이 두 발이
갑자기 좀 더 빨리
이런 달리기 있잖아
솔직히 오랜만인 것 같아

보이니? 들리니?
확신에 찬 내 걸음걸이

당찬 목소리

부스럭 인기척
서로의 마음 한가운데
들어와 있는 거지

날마다 땀이 나 목이 타
머리에선 김이 날 것 같아
때마침 날 적시던 소나기
난 말야 아무도 못 가본
높이까지 더 오를 거야
사랑이란 모험이야

머리카락을 바짝 올려 묶고서 달려가
내가 전하고 싶은 건
내 맘속의 메아리 소리

'좋아해 널 꽤 아주 많이'

＊ song by_오마이걸(OH MY GIRL)

_ Sixteen

첨 사랑이란 열병을 앓았던 나이
그 다음 주에 씻은 듯 나았지만

참 되고 싶은 것들도 많았었던
그중에 거의 대부분은 비밀이었지만

세상 어떤 누구보다 가까웠던 너
우리 서로 같은 반이 아닐 때조차

늘 오랜만에 만난 듯 수다스럽던
바로 전날 그러다 헤어졌었지만

참 용감했던 소녀와
또 겁이 없던 소녀가
만났으니 우린 못 할 게 없었지

낙서들로 가득한 열여섯의 담벼락
둘만의 비밀 얘기 혹시 너 기억하니

열여섯 여전히
우린 거기 어디쯤 있겠지
열여섯 그리고 그 여름은 뜨거웠었지

* song by_오마이걸(OH MY GIRL)

매력적인 소녀들

캐릭터를 만드는 데는
아무래도 본인의 취향이 섞여 들어갈 수밖에 없어서

예를 들면, 소녀를 그려낼 때

소녀의 클리셰 같은
심약하고 여리여리한
한없이 하늘거리는 그런 아이는
실제로는 아주 만나기 드문
—그러니까 공상과학소설에 등장할 법한—
현실성 없는 캐릭터니까 대개는 제외하고

나는 가급적 실재하는 다양한 모습의 소녀들을 떠올려
그리고 그 아이에게 가장 먼저 부여하고 싶은 것은
'건강함'

자신감 넘치고 모험을 즐기고
스스로를 아낄 줄 아는 '건강한 소녀들'
너무 매력적이지 않니?

너는 어떤 소녀를 만나고 싶어?

_안녕. 여름

머리카락 위로 올려 묶고
운동화 끈 바짝 당겨 묶고

볼이 빨갛게 그을려도 괜찮아
태양이 가장 높은 바로 이 순간

가까운 바닷가가 어디더라
파도가 일렁이고 모래가 반짝이는

언덕에 올라서도 좋을 거야
수평선 멀리까지 내려다볼 수 있는

지금 내가 마중 갈게
반갑게 널 맞아줄게
다가오는 너를 향해
난 있는 힘껏 페달을 밟아

벨 소릴 울리며 퍼레이드
땀방울 날리며 퍼레이드

중심을 잡아 두 팔을 벌려
바람을 맞아

우린 알다시피 못 말려

이토록 숨 가쁜 퍼레이드
이토록 뜨거운 퍼레이드

※ song by_Red Velvet(레드벨벳)

큐피드들의 대화

너도 그 불신에 찬 얼굴을 봤니?
특히 영원한 사랑 운운하는 건
아직 그 사람에겐 판타지 같은 이야기야
사랑만으로는 안 돼
맞아, 뭔가 더 필요해

변하지 않는 사랑에 회의적인 성향의 인물이라
참 어렵지, 소설이나 영화 캐릭터로는 완전 별로야
웬만한 사건이나 상대에도 마음의 동요가 없으니 말이야
무슨 그런 지독하게 현실적인 이상주의자가 있나 모르겠어
진짜 모순덩어리야 정말

그럼 그 사람을 설득할 만한 장치로
존경과 존중을 적당히 버무리자
사랑+존경하는 사람으로부터
사랑+존중을 받는 관계라는 설정
다른 건 다 해봤으니까 남은 건 이것뿐이야

쉽지는 않을 것 같은데 그게 사랑보다 더 어려워
그래도 그거면 그 사람도 꽤나 수긍할지도 몰라
어휴, 이게 무슨 고생이람

_ Mosquito

신경이 바짝 곤두선 채
너를 어떡할까 고민 중
평화로운 나의 시간을
아주 단숨에 깨버린 너

내 맘속 깊숙이 돌아다니다
찾을 땐 숨어버리지
날 자꾸 맴도는 넌 Mosquito

잠이 들려고 할 때 울린 진동소리
이 밤에 또 무슨 일야
너 자꾸 이러기야

아무 사이 아닌데
왜 또 그런 식으로 농담을 해
혹시나 한 마음이 들었던 나는 또 뭐가 돼
넌 너무 가벼워 날아가 버릴 듯
재미없어 난 멈춰줄래

가깝다고 느꼈어
그래서 더 다가가면 넌 늘 사라져
그 맘에 없는 말도

다신 속지 않을 테니 알아둬
더 이상은 내게 제멋대로 굴지 마

간지러운 사인
거기까지 넌 나빠 해롭지
마치 넌 Mosquito Nanana
너는 Mosquito Zzzzz
자꾸 선을 넘어 너는 자꾸
선을 넘어 매너 없이

* song by_Red Velvet(레드벨벳)

_ Love Bug

살포시 잠에 빠진 밤
작은 기척을 느껴 난

졸린 내 두 눈을 비비고
작은 창문을 열어

조용한 나의 맘 깜깜한 나의 맘
윙윙 내게 다가와서 노크를 해줘

날개를 더 힘차게
심장이 더 울리게
네 이야기를 들려줘

손톱보다 더 작지만
엄청난 너의 존재감

서둘러 코트를 걸치고
따라나선 그 복도

조용한 나의 맘 깜깜한 나의 맘
윙윙 내게 다가와서 불을 밝혀줘

낮보다 더 환하게
그림보다 멋지게
그 장면들을 넘겨줘

눈부신
별이 가득한 그런 밤
혹시 그 느낌이니

머금은 나의 입속엔
불꽃놀이가 터진 밤
그보다 더 좋은 거니
사랑에 빠지면

이리 날아와 꼭 전해줘

* song by_여자친구(GFRIEND)

_ Falling For You

많이 기다렸죠
고갤 들어 똑바로 날 보기를
1년을 오늘만 기다리며
얼어있던 느낌
오늘은 용기 내어 다가갈 테니

셀 수 없이 많은 우연 중에
바람은 나를 네 곁에

신기한 일이죠
하늘에서 떨어진 무수한 점들과
오직 한 사람
기적일 거예요
네 옷깃 위로 떨어진 난

'우연히 만들어진 장면은 아니야
이건 철저히 내가 계획했던 그림이야
먼 곳에서부터 널 조준하고
기가 막힌 타이밍에 몸을 던져'

신기한 일이죠
하늘에서 떨어진 무수한 점들과
오직 한 사람
기적일 거예요
네 옷깃 위로 떨어진 난

＊ song by_EXO

_ BUNGEE

때가 왔을 때 그럴 때 난 용감해
고민하면서 망설이진 않을 거야
정했어 난 지금 널 만나러 갈래

잘 봐 적당한 바람
날 너에게 훌쩍 데려다줄 거야
잘 봐 이제 네 맘이
파도처럼 일렁이게 될 테니까

네 마음 위로 번지 난 완벽하게 착지
손가락을 펴고 V를 그린 다음
또다시 한 번 번지 정확히 한가운데
너는 이제 나뿐야

* song by_오마이걸(OH MY GIRL)

△가 □만 ☆면

△＝□면

그래서 △랑 □가 ◇면

그럼, ○이 없겠네

　　　　　　　＊△-너　□-나　☆-보다　◇-이어지다

　원 이　없 겠 네

세상을 거꾸로 보고 있는
기분이 들어
꿈인지 현실인지
자꾸만 헷갈리잖아

내게 일어난 이 해프닝
완벽해 진짜 같은 걸
네 생각을 너무 많이 해
이제 별 게 다 보이나 보다
그냥 웃어 버렸어

근데 꿈이 아니네
꼬집었던 그 자리가 아파
빨갛게 부은 걸 보면
진짜 너였어
내 발칙한 상상들이 이뤄진 여긴
Real world

* song by_오마이걸(OH MY GIRL)

_ Dumb Dumb

너 땜에 하루 종일 고민하지만
널 어떡해야 좋을지 잘 모르겠어 난

그 눈빛은 날 아찔하고 헷갈리게 해
내 이성적인 감각들을 흩어지게 해

마네킹 인형처럼
하나부터 열까지 다 어색하지
평소같이 하면 되는데
또 너만 보면 시작되는 바보 같은 춤

눈 코 입 표정도 팔 다리 걸음도
내 말을 듣지 않죠

심장의 떨림도 날뛰는 기분도
맘대로 되질 않죠

어떡하지 고장 났나 봐
숨을 쉬는 방법도 다 까먹었어 나

* song by_Red Velvet(레드벨벳)

_ Blue Lemonade

정말 투명해
너와 내 눈빛 멈춘 그사이
파도가 밀려오네
살짝 푸른빛이 돌고
입엔 상큼함이 퍼져

내 마음을 흔들어
저 병에 담긴 탄산수처럼
내 안에 낯선 느낌
좀 더 너를 따라줘

컵 한가득 달짝지근 바다 향이 나
갓 따온 레몬을 짜 넣은 것처럼
감출 수 없어 네가 좋은 걸
파란이 일어나 널 만난 그 순간

※ song by_Red Velvet(레드벨벳)

_ 여름 한 조각

칸마다 네 눈빛을
조금씩 담아서 예쁘게 얼려두고

달콤한 너의 그 목소리를
유리병 가득히 따라서 잘 넣어둘래

썸, 머리엔 온통 다 너뿐이야
썸, 뭐든 다 이루어질 것 같아

너랑 여름 한 조각
살짝 베어 문 순간
바다를 본 것 같아

＊song by_러블리즈

_ Tropical Love

어둠이 내린 이 밤 커튼을 걷으면
아마 그다음 넌 더 놀랄 준비를 해

아무 이유 없이 여름날이 뜨거운 건 아닐 거야
자꾸 가슴이 뛰는 건 비밀로 해줄게

난 어느새 내 두 눈에 너를 빠져들게 해
기대해 난 너에게 멋진 기억을 줄 테니

너와 나의 마음은 어느새
사랑이란 열대우림에 훌쩍하고 날아가
이 꿈은 beautiful 넌 말해 'I love you'
머리 위론 야자수 코코넛 한 모금
난 말해 'I love you'

뜨겁던 태양이 저물어가던 그때
타오른 모닥불의 열기
들려온 음악 소리에
우린 서롤 마주 보며 춤을 춰

새까만 너의 밤이 어느새 온통 푸른빛
여기선 밤새 헤엄쳐도 좋아
널 보면 나의 마음이 짙은 오렌지 빛
너와 나 이 사랑은 tropical

＊ song by_오마이걸(OH MY GIRL)

_ Love O'clock

여긴 나만 혼자
고장이 난 채 멈춰 서있지
다들 바쁜가 봐
주위에 가득한 시계 소리

아무도 없고 휘파람이 들려
흐릿하게 멀리 어느새 가까이
난 아무래도 너인 것 같고 그랬던 걸

네가 좋아져 버렸어
막 바람이 불던 그날부터였을까
전부 날아가 버렸고
그 자리에 너만 남겨져 있더라

네가 웃으면 째깍 널 안으면 똑딱
나는 그제서야 소릴 내며 돌아가
지금 이 순간 오직 내 맘
널 사랑할 시간

※ song by_오마이걸(OH MY GIRL)

_ 불꽃놀이

날 바라보던 너의 눈에 비친
내 모습이 참 맘에 들었는데
나도 몰랐던 날 알게 해준
널 만났던 건 참 행운인 걸

사랑스런 그때의 너
우리의 기억이 아른거리고
조금 이른 사랑 얘긴
저 별들처럼 나를 비추고

처음이라서 마냥 좋았던
그때 불꽃놀이

태어나서 본 것 중에 제일 커다란 꽃
오직 둘만의 축제
계절이 되돌아와도 가장 아름다웠던
시간 너머로 띄워보는 편지

네가 있어서 마냥 설렜던
그때 불꽃놀이

※ song by_오마이걸(OH MY GIRL)

_ 지 각 변 동

처음 떨어진 한 방울은
폭우를 부르고

처음 열린 한 송이는
봄을 데려오듯이

내 지각변동은
너로부터

_ 다섯 번째 계절

너인 듯해
내 맘에 새하얀 꽃잎을 마구 흩날리는 건
너인 듯해
발끝에 소복하게 쌓여가
그리고 넌 작은 싹을 틔워
금세 자라난 아름드리
짙은 초록의 색깔로 넌 내 하늘을 채우고
작은 나의 맘의 지각변동은 너로부터

저기 멀리 나무 뒤로
다섯 번째 계절이 보여
처음 느낀 설렘이야
네 이름이 날 가슴 뛰게 만들어

사랑이란 느낌이 뭔지 궁금했는데
'헷갈리진 않을까, 혹시?'
그런 그때 누군가 내게 다정하게 말했지

있잖아 사랑이면 단번에 바로 알 수가 있대
헷갈리지 않고 반드시 알아볼 수가 있대
이제 난 그 사람이 누군지 확신했어

네가 내게 피어나
아지랑이처럼 어지럽게
네가 내게 밀려와
두 눈을 커다랗게 뜨고 꾸는 꿈

※ song by_오마이걸(OH MY GIRL)

_ 비 밀 정 원

난 아직도 긴 꿈을 꾸고 있어
그 어떤 이에게도 말하지 못했던

처음으로 너에게만 보여줄게
손을 잡아

내 안에 소중한 혼자만의 장소가 있어
아직은 별거 아닌 풍경이지만
조금만 기다리면 곧 만나게 될걸
이 안에 멋지고 놀라운 걸 심어뒀는데
아직은 아무것도 안 보이지만
조금만 기다리면 알게 될 거야
나의 비밀정원

너무 단순해 그 사람들은 말야
눈으로 보는 것만 믿으려 하는 걸

오늘 하루 한 사람만 초대할게
상상해봐

네 안에 열렸던 문틈으로 본 적이 있어
아직은 별거 아닌 풍경이지만

조금만 기다리면 곧 만나게 될걸
그 안에 멋지고 놀라운 걸 심어뒀는데
아직은 아무것도 안 보이지만
조금만 기다리면 알게 될 거야
너의 비밀정원

아마 언젠가 말야
이 꿈들이 현실이 되면
함께 나눈 순간들을
이 가능성들을
꼭 다시 기억해줘

* song by_오마이걸(OH MY GIRL)

_ 오 가 는

너는 알까
너를 위해
내 맘 어딘가에 부지런히
징검다리를 놓아두던 나를

지나가는 바람 소리에
기분 좋은 휘파람을 섞어뒀으니
천천히 차분히 잘 따라서 와요

나도 그쪽으로 가고 있어요
어쨌든 같은 길 위에 있어 다행이에요

긴장되나요?
나 역시 그래요

이제 곧 만날 거예요

그냥 꿈에서 깬 것뿐이야
또다시 까마득한 저 슬픈 별 하나

'잘 가' 서툴게 인사하고
뒤돌아서 오는 길은
참 멀기도 하다

같은 시간에
같은 공간에
그 짧았던 순간
모든 게 너와 날 위해
멈춰있던 그 순간
왜 그게 기적인 걸 몰랐을까

오래된 스토리와 그날에 멈춘 나
사랑한 시간보다 더 오래
이별하는 중인 걸

은하수 너머에 아득히 먼 곳에
하얀 우리의 기억을 건너는 나
꿈속이라도 괜찮으니까
우리 다시 만나

기다림은 내겐
사소한 일일 뿐인 걸

꿈속이라도 괜찮으니까
우리 다시 만나

＊ song by_Red Velvet(레드벨벳)

_ 놀이공원

열두 시가 되면 다 깨기 시작해
내 기억들이 하나둘씩
불을 밝히는 곳

널 보고 싶은 맘 간절해질 때쯤
저 멀리서 손짓하는 네가 보여

알아요, 거짓말인 거
그래도 난 그리운 걸요
내가 만들어낸 환상이라 해도

몰래
놀러 올래
하루만 더 이별 따윈 없던 것처럼

설레
눈감으면 기적처럼
그대가 내 곁에 있어
반짝거려요 이 세상은

밤새도록 돌아가던 관람차
세상 가장 달콤했던 솜사탕

행복했던 기억들이 떠올라
빙글빙글 돌아가는 너와 나
밤새도록 돌아가던 관람차
세상 가장 달콤했던 솜사탕
행복했던 기억들이 떠올라
한 번 더, 한 번 더…

＊ song by_러블리즈

_엽서 : 먼 곳으로부터

혹시 넌 궁금할까 여기 내 모습이
그냥 이 분위기, 이 배경이
맘에 들어서 보여주고 싶었어

한 뼘만 한 엽서 너머로 손을 내밀어
너를 여기 데려다 놓는 상상을 하면서

거긴 지금 몇 시야?
넌 뭐 하는 중이야?

나는 낯선 이 거리를 걷다가
문득 네 생각에 멈춰 서곤 해
어느 기차역, 어느 바닷가
어느 공원, 어느 시장
어느 광장, 어느 카페
어느 미술관, 어느 그림 앞…

그럴 때면 난 작은 상점에 들어가
엽서를 한 장씩 골라보곤 해
그때마다 생각해

돌아가면 말야
꼭 하고 싶은 말이 있어
돌아가면 말야
꼭 하고 싶은 말이 있어

눈을 보면서

_ Windy Day

멀리서 널 닮은 바람이 일어
불어와 내게
진짜로, 진짜로 소중한 것은
보이지 않는대

따스한 온도
부드러운 촉감
사랑인 걸까
내게 온 걸까

내 맘이 하루 종일 한동안
싱숭생숭하더니
이러려고 그랬던 걸

나의 마음 한쪽에
웅크렸던 감정이
깊은 잠에서 깨어났어

너를 생각하면 흔들리는 나무들과
너를 볼 때마다 돌아가는 바람개비
이건 내가 너를 많이 좋아한단 증거

* song by_오마이걸(OH MY GIRL)

_ 인 어 (*Inner Peace*)

난 언제나 불안한 완성되지 않은 주문
나는 언젠가 사라질 거품으로 만든 사람

이제 난 수면을 벗어나 저 깊은 곳의 나와 마주해

보이는 건 짙은 어둠뿐 들리는 건 작은 진동뿐
시간마저 숨을 죽이는 나의 심해(心海)
조금씩 내 몸이 빛날 때 내 심장이 울려 퍼질 때
포근하게 나를 감싸는 나의 심해

흩날리는 검은 머리칼 말이 필요 없는 시공간
눈빛이면 단지 충분한 나의 심해
손끝에서 모두 깨어난 꿈이기엔 너무 생생한
모든 것이 살아 숨 쉬는 나의 심해

_ 인 어 (Inner Peace) II

나는 한동안 나를 있는 그대로 바라보지 못했다
가끔 내면으로 끝없이 파고들 때면 숨을 참는 느낌이 들었다
빨리 물 밖으로, 바깥세상으로 나가야 한다는 생각뿐이었다
어둠과 적막을 버티기 힘들었고
그 끝에 뭐가 있을지 모르기에 두려웠다
그것은 마치 심해를 떠올릴 때의 공포와 비슷했다

발가벗겨진 나
불안과 고독, 미숙하고 불완전한 자신을 마주하고
그것마저 감싸 안을 때 오는 평화로운 순간
자신의 아름다움을 있는 그대로 받아들일 때
단단하고 투명한 비늘이 온몸을 덮고
새로운 호흡기관으로 더 깊은숨을 쉬며
우리는 비로소 인어가 된다

_ Black Pearl

지도는 필요 없어
내 맘이 널 가리켜

저 멀리 수평선 끝에 너의
모습을 볼 수 있다면

난 돛을 올려 끝까지
바람에 날 싣고
거칠어진 수면의 요동을 재워

짙은 안개 속에
높은 파도 위에
흐릿하게 비친

깊은 침묵 속에
슬픈 선율 위에
희미하게 들린

어둠 속에 핀 꽃
바다 위에 뜬 달
비밀 같은 그곳

* song by_EXO

나 비 소 녀

조그만 날갯짓
널 향한 이끌림
나에게 따라오라 손짓한 것 같아서

애절한 눈빛과
무언의 이야기
가슴에 회오리가 몰아치던 그날 밤

오묘한 그대의 모습에 넋을 놓고
하나뿐인 영혼을 뺏기고
그대의 몸짓에 완전히 취해서
숨 쉬는 것조차 잊어버린 나인데

왈츠처럼 사뿐히 앉아 눈을 뗄 수 없어
시선이 자연스레
걸음마다 널 따라가잖아

날 안내해줘
그대가 살고 있는 곳에
나도 함께 데려가 줘
세상의 끝이라도 뒤따라갈 테니
부디 내 시야에서 벗어나지 말아줘

아침이 와도 사라지지 말아줘
꿈을 꾸는 걸음
그댄 나만의 아름다운 나비

어디서 왔는지 어디로 가는지
친절히 여기까지 마중을 와준 너

가파른 오르막 깎아진 절벽도
걱정 마 무엇도 두려울 것이 없으니

너는 뽐내 우아한 자태
난 몇 번이고 반하고
사랑은 이렇게 나도 모르게
예고도 없이 불시에 찾아와

왈츠처럼 사뿐히 앉아 눈을 뗄 수 없어
시선이 자연스레 걸음마다
널 따라가잖아

날 안내해줘
그대가 살고 있는 곳에
나도 함께 데려가 줘

세상의 끝이라도 뒤따라갈 테니
부디 내 시야에서 벗어나지 말아줘
아침이 와도 사라지지 말아줘
꿈을 꾸는 걸음
그댄 나만의 아름다운 나비

낯선 곳을 헤맨다 해도
길을 잃어버린대도
누구보다 솔직한 나의 맘을 따를 거야

조용히 눈에 띄는 몸짓
강하고 부드러운 눈빛
거부할 수 없는 나니까

날 데려가 줘
세상의 끝이라도 따라갈게
내 시야에서 벗어나지 말아줘
아침이 와도 사라지지 말아줘

조그마한 손짓 나의 가슴엔
회오리가 친다

* song by _EXO

/221

_ EL DORADO

또 같은 꿈을 꿨어
끝없는 사막 끝에
눈부신 도시는 항상
닿기도 전에 사라져버려

고요한 바람 소리가 들려
어디서 불어왔을까 금빛 노래
두 눈을 감아보니 조금 더 선명해진
그곳이 아른거려

아무것도 확신할 수도
기약조차 할 수 없어도

난 지금 떠나려 해
더 큰 모험엔 언제나 위험이 따르는 법

날 믿어준 그들에게
옳았다고 증명해 보일 거야

엘도라도
그곳이 나를 부를 때
우리 앞에 펼쳐진 저 빛 속으로
그 누구도 모르는 미래를 향해
먼 훗날에 전설이 될 걸음

* song by_EXO

_ 게 릴 라

폭풍전야
숨죽여 날 따라와
움직여 시간이 된 것 같아

부드러운 껍질을 벗겨내면 강인한 마음과
날카로운 눈빛엔 굳은 결심이 어려

정말로 원하는 건 잊어본 적이 없지
지난 모든 아침, 잠들던 순간까지

이 안개는 언젠가는 걷힐 테니
불안 속에 갇혀있지 말고

낯설고 새로운 걸 겁내 본 적은 없지
모든 위험들이 날 크게 만들 테니

잘 봐 널 둘러싸던 벽들이
도미노처럼 무너지는 모습을
귀를 기울여보면
들리니 반짝이는 너의 이름

너와 난 때를 기다리고 덮쳐
뜨겁게 뒤집고 흔들어봐
성난 파도처럼 삼켜
깃발을 꽂아봐

* song by_오마이걸(OH MY GIRL)

_ 불 청 객

어느 잔잔한 호숫가
이곳은 평화로워
누가 불쑥 들어와
휘젓기 전까지는
마침 떠오른 얼굴
햇빛에 일렁이면
살짝 현기증이 나
머리가 어지러워

너는 내 맘을 두어 번쯤 두드리다
나의 대답도 듣지 않고 '안녕? 나야'
늘 그렇게 예고도 없이

눈을 감았다 뜨니
어느새 네가 있어
의미심장한 표정
미소를 짓고 있어

초대받은 적은 없지만
환영받을 거라는 걸 너무 잘 아는 듯이

_ 괴 도

넌 철저해 나 아니면
절대 너를 못 당해
난 담을 넘고
철벽같은 너의 맘을 열어

나타날 땐 바람처럼
사라질 땐 연기처럼
너의 눈을 속이고
다가갈 땐 꽃잎처럼
파고들 땐 가시처럼
네 심장을 노리고

오늘 밤에
널 훔쳐 가요

나와 함께
사라져요

＊ song by_ 태민(TAEMIN)

_ 으 르 렁

숨이 자꾸 멎는다
네가 날 향해 걸어온다
나를 보며 웃는다
너도 내게 끌리는지
눈앞이 다 캄캄해
네가 뚫어져라 쳐다볼 땐
귓가에 가까워진 숨소리
날 미치게 만드는 너인 걸
아무도 널 못 보게
품에 감추고 싶어
널 노리는 시선들
내 안에 일어난 거센 소용돌이

검은 그림자 내 안에 깨어나
널 보는 두 눈에 불꽃이 튄다
그녀 곁에서 모두 다 물러나
이젠 조금씩 사나워진다
나 으르렁대

* song by_EXO

딱히 이유가 없는데
끌릴 때 그게 젤 위험해
자꾸 내 호기심을 자극해

눈빛을 교환해
뭐 일단 그거면 충분해
모든 건 때가 다가왔을 때

Fallin' down
우린 아득한 저 끝에서
점점 빠져 뒹굴게 될 테니까

난 나의 늪으로 널 끌어당겨
너는 날 너의 늪으로 또 끌어당겨
모든 게 다 물속에 잠긴 것처럼
헤어날 수 없이 벌써 빠져버린 느낌

* song by_몬스타엑스

묘한 분위기에 취해
너를 놔버려도 돼
나를 벗어나진 못해
나른해진 이 순간

잘 빗은 머리가 헝클어질수록
아름다워 내버려둬
반듯한 자세가 흐트러진대도
괜찮아 날 똑바로 봐

잠시 난 모든 걸 다 지워
시각에만 의존해
경이로운 눈빛으로
너만을 감상해

신경 쓴 화장이 더 번져갈수록
아름다워 내버려둬
단정한 셔츠가 구겨져버려도 괜찮아
날 똑바로 봐

어두운 조명 아래 또 시작되는 Move
우아한 손짓 은근한 눈빛
투명한 창가에 넌 비쳐서 아른대는 Move
묘한 그 느낌 아찔한 끌림

＊ song by_태민(TAEMIN)

_Like it!

내가 속삭일수록 너는 의자를 당겨
네 숨소리가 닿은 이 느낌이 좋아

낮보단 밤이 경계의 날이
조금 더 느슨해지니까

이 선을 넘을 거야 난
두 빛이 섞이는 순간
어떤 색을 보게 될지 나도 모르는 걸

나는 파도가 되고 너의 해변을 덮쳐
어쩌면 너와 난 멋지 않을 거야

낯선 그 손끝이 허리쯤을 스칠 때
화려한 불꽃을 본 듯해

이 밤 타버려도 좋아
너를 느끼게 해줘

＊ song by_보아(BoA)

_ 국지성 열대야

둘 사이 뜨겁고 습해진 공기
어색한 그 표정
솔직히 나한텐 식은 죽 먹기
널 덥게 하는 것

우린 이제 아마
비행 없이도 적도에 가까워질걸
어렵게 생각하지 마
다음이라는 건 영원히 없을지도 몰라

지금부터 잘 봐
내가 하루 중 가장 좋아하는 순간이야
낮과 밤이 서로 뒤섞이는 시간

전국적 열대야는 무리인데
오늘 밤 너 하나쯤 안 재우는 건 참 쉽지

너 하나쯤 안 재우는 건 너무 쉽지

_Play it Cool

진지해진 눈빛 사이 낯선 공기
우린 기류를 탔지

커튼 사이 저녁 도시 불빛만이
어렴풋이 널 비춰

인천 갈 필요 없어
바로 여기서 훌쩍

연차 쓸 필요 없고
챙길 물건도 없어
바로 여기서 카운트다운

순식간에 떠올라서
멀리멀리 떠날 거야
우린 이제 지금부터 비행모드

분위기를 타고 좀 더
높이높이 오를 거야
우린 이제 지금부터 비행모드

* song by_몬스타엑스

_ 너덜너덜

말도 안 되게 누굴 갑자기 좋아하게 되면 그래
막 상상은 저절로 부풀어 공상이 되고
끝 모르는 그곳을 겁도 없이 떠돌다가

투명한 천장에 닿아 툭 부딪히고 나서
모든 게 허상이라는 걸 깨닫는 순간
무섭게 추락하는 나에게는 날개가 없고

나는 성한 곳 없이
유난히 지쳐서는
다시 누운 자리로

멈춰버린 숨소리 아마 나도 모르게
그때 너를 발견한 순간

무수한 우연들이 결국 너란 바다에
흘러든 것만 같은 예감

좁은 욕조가 오늘은 왠지 깊어
너를 떠올리다가
빠져들어

나란 작은 세상이 너와 마주쳤을 때
그때 내게 일어난 파장

단 한 번의 웃음이 무색했던 내 맘을
전부 물들이고도 남잖아

낯선 조류가 오늘은 왠지 깊어
잠시 망설이다가
뛰어들어

알고 싶어 너의 눈이 부신 표면에
심해 저편까지도
너란 바다에 날 풀어줘
오직 너로 채워줘

* song by_종현(JONGHYUN)

_스노우볼

어느 겨울
네가 나가고
너와 나 사이에는 유리 벽이 생겼다
아무리 외쳐도 들을 수 없는 동그란 벽

이내 이 안에는 눈과 물로 가득 차
눈, 물 범벅이었다

유리 너머 널 볼 때마다 뒤집히는 나의 세상이
그저 한낱 예쁜 장식품일 뿐인
이곳

*스노우볼: 스노글로브(Snowglobe)란 투명한 유리 안에 축소 모형을 넣은 것이다. 유리 안은 투명한 액체로 채워져 있고, 그 안에는 잘게 조각난 입자들이 들어있다. 스노글로브를 흔들면 입자들은 유리 안에 퍼졌다가, 놓으면 마치 눈이 내리는 것처럼 서서히 아래로 떨어진다. 스노글로브는 1940년대 즈음 미국에서 일반화된 명칭으로 입자가 눈처럼 떨어지는 모습에서 유래했다. 이 외에도, 스노스톰(Snowstorm), 스노돔(Snowdome), 스노볼(Snowball), 스노씬(Snowscene), 스노쉐이커(Snowshakers) 등 여러 가지 이름이 있지만 이 모든 이름은 눈(Snow)에 다른 단어가 합성된 것이라는 공통점이 있다.

_ Undercover

수면 아랜 바삐 발을 저어도
평화로운 표정

막이 오르기 전 늘 분주해도
네 앞에만 서면 태연한 척

은밀하게
지금 벌어지고 있는 일을 너는 모르게
아직 안 돼
적당한 때 나는 그 순간을 노려
네가 눈치챘을 땐 늦어있게

까만 그림자가
밤으로
밤으로 스며들듯이
의식 저편을 파고들어

나는 흘러들어
네게로
네게로 스며들듯이
너의 빈 곳을 파고들어

* song by_SHINee(샤이니)

너는 여기저기 기워 바느질투성이인 심장을
한 번 더 이어붙이며 다짐한다

두 번 다시는
무조건 좋아하고 이해하고
공감하고 안타까워하고
흠뻑 빠져서 모든 애정을 쏟고
의심 없이 믿고 다 보여주는 건 하지 말자고

이제는
적당히 계산하고
날카롭게 자르고
차갑게 돌아서자고

하지만 그러기에 너의 심장은
너무 말랑하고 너무 푹신하고
너무 따스하다는 걸
너는 아직도 잘 모르는 것 같다

_ 헌 책

너와 있었던 일들만 모아 책으로 만들면
처음엔 깨끗이 보관하려고 책장도 조심히 넘길 테지만
읽고 또 읽고 또 읽으면서 헤지기 시작하면
한 줄 건너 한 줄은 형광펜으로 그어두고 싶을 거야
이건 다시 읽을 것, 이건 외울 것, 이건 완전 감동적인 것
그걸로 모자라서 모든 모서리를 접어버릴지도 몰라

내 기억의 책꽂이에
각지고 빳빳한 새 책들 사이에
유난히 두툼해진 헌 책 한 권
그게 아마 너일 거야

그 림 자

어느 해 질 녘

나는 왜 고개 들어
똑바로 보지 못하고
아무 말 하지 못하고
1센티도 다가가지 못하고
날뛰는 심장을 삼킨 바위가 되어
혼자 '얼음'을 외치고
누군가의 '땡'을 기다리나

어쩌면 눈도 입도 없고
거무튀튀한 실루엣뿐이지만
저쪽으로 한없이 길어지는
열심히 달려 나가는

아무래도
네가 나보다 낫다

낚詩꾼

입질이 왔다
대강 노을 비슷한 느낌이었다
숨 막히는 긴장감
목 뒤가 빳빳해지고 신경이 곤두섰다
그리고 수 분의 접전 끝에
결국 놓치고 말았다

참고 있던 숨을 내쉬고
세게 움켜쥔 장비를 내려놓고
손에 난 땀을 닦는다
잡아도 별거 아니었을 거라며
아쉬워하는 동안
같은 놈이 다시 와서 물었다

낚싯줄이 끊어질 듯이 팽팽하다
풀었다 당기고 풀었다 당기다
이번엔 다행히 밖으로 건져 올렸다

¿

매일하늘

을굴리는손이

있었다그는매번하

루를아쉬움속에집어

넣기직전에하늘을잠시

황홀하게어지럽혀놓는다

그위에다사람들의시선을

모조리뺏은다음뒤로몰

래밤을불러들이기

위한일종의눈

속임같은거다물론나

같은사람에 겐늘먹히는

방법   이다

part 4. 현실

낯선 도시 위엔 희미한 것들뿐,
눈부신 세상은 오늘도 몇 평 더 묘지로 변했다

.

이따금씩 희미하게 깜박거리는 등불 하나
사람들은 그 불빛을 의식조차 못 하거나
거슬려 하거나 대체로 무관심했다

온 힘을 다한 절박한 깜박거림을
그저 불평불만쯤으로 여기고는 했다
이런 환한 대낮에 이렇게 좋은 세상에

오늘도 한낱 '불평'으로 여겨지는 작은 '등' 하나

_ 불 평 등

마음도 우유처럼

마음도 상하면
얼른 비릿한 게 느껴지면 좋을 텐데
며칠 못 가 악취가 코를 찌르면
응어리가 둥둥 떠올라 훤히 들여다보이면 좋을 텐데

당신은 그런 티 없는 하이얀 얼굴로
어떤 속내를 가리고 있나

ㅗ ㅏ ㅜ

ㅂㅜㄹㅇ( )ㄴ
ㅂㅜㄹㅇ( )ㄴ

아우는 아무래도 형을 찾기 마련
그러고 보니 둘이 생긴 것도 쏙 빼닮았네

불안이 행운과 어울리지 않듯
자신감과 불운이 어울리지 않듯

불운도 익숙하고 편한 곳에 자리를 틀겠지

애석하게도 대개는

_ 無名에게

일단 널 데리고 가서
화려한 옷은 다 벗길 것이다
거추장스러운 것들도 싹 걷어낼 것이다
움켜쥐면 빼앗아서라도
최소한만 남기고 전부 갖다 버릴 것이다

그리고 거의 헐벗은 너를
밤낮으로 맹렬하게 쏘아볼 것이다

그때도 네가
당당하게 고개를 들고 있다면
나는 그제야 너에게 이름을 주겠다

그제야 네가 들어가 누울
이런 페이지 한 칸 정도를 내어주겠다

_ 땅 따 먹 기

모든 살아서 날뛰는 것들을
'이름'이라는 좁디좁은 관에 넣고
'정의'라는 비문 몇 글자 읊은 다음
흙으로 덮어버리고선

"나 그거 알아"

당신이 안다고 여기는 순간
그것은 영영 죽었다
가슴께까지는 가보지도 못하고
뇌의 그늘진 언저리에 묻혔다

잠깐의 열기는 이내
존재의 서늘함이 되고
배움을 장례 치르듯
서두르는 당신 뒤로
눈부신 세상은 오늘도
몇 평 더 묘지로 변했다

_유명 : 有名

유명한 사람을 동경하고
유명한 장소에 다녀오고
유명한 음악을 모아 듣고
유명한 작품을 감상하고
온갖 이름 있는 것들을 쫓느라
하루를 다 써버리고 나면
어쩐지 좀 허무한 거 있지

그래서 요즘은 말야

왠지 멋지고 대단한 이의 화려한 연설보다는
순수한 영혼들의 들릴 듯 말 듯한 속삭임에
더 귀를 기울이게 돼

알고 보면
이름 없는 것은 없는데

모두가 이름이 있는데

너도
그리고 나도

쑥 덕 이 들

나에 대해 쑥덕거린다
나에겐 잘 들리지 않을 만큼 작은 소리로
아니꼬운 듯 나를 쳐다보는 시선들을 느낀다
나는 벌레만큼 작아지는 기분이 든다
도무지 아무런 용기도 나지 않는다
그래서 스스로를 닦달하기 시작했다
했던 말, 행동, 있었던 모든 일을
강박적으로 곱씹으면서
어떤 실수를 했는지 무얼 잘못했는지
자신에게 묻고 또 물었다

여러 해가 흘러
그중 한 사람에게 용기 내 물었다
'나에게 왜 그랬냐'고
돌아온 대답은 '자기도 모르겠다'였다

그들은 나에 대해 쑥덕거렸다
나중에 자신도 모를 이유로

문제는 내가 아니었다
벌레같이 웽웽거리던
'쑥덕이들'이었다

_ 어 린 병 사

이유 없이 무리를 짓고
의미 없는 편을 나누고
견제를 하고 서열을 정하고
분란을 만들고 싸움을 붙이고

기억도 나지 않을 만큼 꽤 어릴 때부터
사람'들' 속에 던져지면서
나는 늘 전쟁터에 내몰린 기분이 들었다

아직도 풀지 못한 미스터리
왜, 무엇을 위해서

_ 장래 희망

어렸을 때는 대체로
되고 싶은 것도
따라 하고 싶은 사람도 많다

하지만 정말로 어려운 건
대단한 누군가가 되는 게 아니라

그 어떤 말들 속에서도
그 어떤 눈빛 사이에서도
그 어떤 낯선 곳에서도
그 어떤 흐름에도

내가 되는 것

_ 좀 비 들

가끔은 터무니없는 꿈을 꾸고
대개는 텅 빈 눈으로 목적 없이 걸어 다니는

이상향과 이 상황 사이를 끊임없이 헤매는

어쩌면 당신 그리고 나

_ 비밀통로

어린 시절 우리의 꿈은 주로
야외를 뛰노는 느낌이었다
그 들판 같던, 하늘 같던, 바다 같던 꿈들에
무슨 일이 있었길래

해가 바뀌고 어른이 되어가면서
실내를 유령처럼 배회하게 되었을까

'이곳은 나를 받아줄까'
'어떤 문 뒤에 내 자리가 있을까'
'나는 이 공간에 얼마나 더 머물 수 있을까'
'좁지만 마음이라도 편한 곳은 어딜까'

어느 날 모험은 그곳에서 시작되었다

막다른 방
자그마한 문
그 비밀스러운 통로에서부터

_공존을 위해

공존
감중

이 두 가지는 영유아기에 반드시 맞혀야 할
백신주사 같은 거였으면 좋겠다

아니면 학교 앞 문방구 가장 잘 보이는 곳에 걸려있고
매 학년 올라갈 때마다 알림장에 지겹도록 등장하는
준비물이었으면 좋겠다

또는 옷이나 신발처럼 몸에 걸치지 않고서는
외출이 힘든 거면 좋겠다

그것도 아니면 접촉이나 호흡기를 통해서 쉽게 감염되는,
혹은 대기나 식수에 흘러들어 걷잡을 수 없이 퍼지는
바이러스 같은 것이어도 좋겠다

_ 누구도 초라해지고 싶지는 않아

대자연은 사람을 겸손하게 할 뿐
초라하게 만들지는 않는다

사람을 초라하게 만드는 건 언제나
고만고만한
사람

_ 이불

씻고 누우니
낮에 어설프게 감겼던 시간이
누운 자리 주위로
머리칼처럼 풀어 헤쳐진다

물음은 씨실로 헤아림은 날실로
저절로 들쑥날쑥하면서
성긴 이불이 된다

사시사철 서늘한 그 이불을
목까지 끌어당겨 억지로 잠을 청한다

어떤 날은 아쉬움으로
어떤 날은 괴로움으로
여러 날을 그리움으로

_ 숙 면 의 조 건 = 불 면 의 원 인

아주 작은 빛도 없이 어둡게 할 것
아주 작은 소리도 없이 고요하게 할 것

하지만 어두울수록 상은 더 선명하게 맺히고
적막할수록 가라앉은 말들은 위로 떠오르기에
불면은 어쩌면 당연하다는 역설

_ 1000근   10000근

가위에 눌린 느낌과 비슷하지만 가위에 눌린 건 아니다

아무리 용을 써도 이 얇은 눈꺼풀 한 쌍을 들어 올릴 수가 없다
위아래가 아주 단단히 붙었다
—접착제인지 바느질인지—
손을 들어 만져보려 했으나
손가락 하나 까딱할 수도 없다
'도와줘요'

잠깐 자는 새에 누가
침대에다 매트리스 대신 덜 마른 시멘트를 붓고
철근으로 엮은 이불을 덮어둔 게 분명하다

꼼짝없이 내 방 침대에 갇혔다

월요일인가

_ 과 일 바 구 니

과일바구니

특히, 감사과를 담을 때는
일말의 자존심도 어설픈 포장도
보태거나 입히지 말 것

속내, 안 속네

'칭찬' 참 좋은 말이지
고래도 춤을 추게 한다는데 어련하겠어
특히 어릴 땐 칭찬에 마냥 목이 마르잖아
흰 종이에 그려진 포도송이에 붙이는 스티커처럼
칭찬이면 다 달고 좋은 건 줄 알았지
그런데 그게 아니더라
자라면서 알게 되었어
거기 온갖 속내가 담길 수 있다는 걸
때로는 질타보다 더 끔찍할 수도 있다는 걸

분명 칭찬인데 잠깐 멈칫하게 되거나
어딘가 이상하게 찜찜하거나
왠지 모르게 화가 나면
그때는 자세히 잘 들여다봐

너의 분별력을 흐릴 독(毒)일 수도
너를 가두려고 치는 철창의 살일 수도
너를 향해 흘리는 지저분한 침일 수도 있으니

들여다보고 칭찬의 겉과 속이 다르거든
그 속내가 빤하거든
'나는 안 속네ㄴ' 해줘

자기관리는 말 그대로 '자기'관리예요
'내'가 '나'를
'당신'이 '당신'을
'그녀'가 '그녀'를
'그'가 '그'를 관리하는 것이 '자기'관리

I—My—Me—Mine
You—Your—You—Yours
She—Her—Her—Hers
He—His—Him—His

내가 당신을 넘어가거나
당신이 나를 넘어오는 건

안 될 말

_ 5G럽

그런가 하면,

세상을 따뜻하게 하는 오지love도 있다

적절한 때와 장소에
뜻밖에 나타난 관심과 손길

나와 타인을 구분하지 않고
소중하게 여기는 마음
공감과 진심에서 우러나온 바람직한 행동

이렇듯
대부분 언어는 양면적이고 입체적이라
전체 그림과 맞추는 사람에 따라
모양이 수없이 달라지는 퍼즐 조각과 같다

_ 온 실

아침보다 더 야윈 마음이
현관에서 긴 숨을 토해낸다
오늘 하루도 지났구나
무사히

때 묻고 해진 신발 옆에다
바깥의 일들은 다 벗어둬야지
이곳은 나의 온실
이제는 나를 정성껏 보살펴야지

사람은 내내 겪었으니까
외로움만을 남겨둬야지
이곳은 나의 온실
이제는 내 마음만 들여다봐야지

낙이 없어 낙엾고
가차 없어 가엾고

시들해진 몸과 마음들
다루기 서툰 감정들
너무 빨리 큰 애어른
숨처럼 뱉는 한숨들

낙엾고, 가엾고, 낙엾고, 가엾고…

봄은 가혹하고
낙엽들은 열심히 매달려있다

이 봄엔 낙엽이 한창이다

_ 소 원

나는 점점 너를 소원하지만
너는 여전히 내게 소원하고

_ 청 춘 소 설

동그란 세상이 굴러가는 속도
그걸 따라잡기도 버거운 계절

제법 무거운 배낭을 들쳐 메고
삶은 여행이라는데 늘 빠듯해도

우리는 우리라서 괜찮은 것도 같아

사람들은 말해
푸르른 봄(靑春)이라고
지금 너와 내가 지나는 이 계절을
시간이 더 오래, 오래
지나고 돌아보면 그땐
예쁘게 남아있을까

너와 내 모든
푸른 봄의 조각들

_ 가 장 자 리

나는 너에게 자리를 내어준다
언제나 가장 가까운 자리
혹은 가장 먼저 자리
아님 가장 높은 자리
아무튼 가장 좋은 자리

너는 나에게 자리를 내어준다
아주 반기는 내색 없이
더 다가오란 손짓 없이
어서 앉으란 시늉 없이
어쨌든 그냥 가장자리

_ 사 라 진 사 람

자신을 사라지게 하는 법은 의외로 간단하다

의지하면 된다
모든 걸
하나씩

의무와 책임과 귀찮은 일들을 주고
편리함과 홀가분함을 얻는 것은
너무나 손쉽고 달콤한 유혹이다

자신이 건네는 것이
자신인 줄 모르고

그렇게 조금씩, 조금씩
떼어주면 된다

_ 무 색 , 하 다

낯선 이 도시 위에는
전부 희미한 것들뿐
아름답던 영화는 저물고
무너져가는 벽들뿐

나는 지금 옛 연인의 벽화 앞에 서 있어

나를 물들였던 색깔
한때 전부였던 사랑
이제는 겨우 테두리만 남아
아무도 기억하지 않는 시간에 멈춘 채
그 여름날이 무색하게 빛이 바랬어

어쩌면 이렇게도 무색하게, 우리는

_ 곳곳에 네가

이럴 줄 알았으면
데이트는 가급적 먼 곳에서만 할걸
우리 동네 근처엔 얼씬도 못 하게 할걸
매일 지나야 하는 길로는 스치지도 말걸
한강은 최대한 먼 지구로만 갈걸
집 가까운 마트에서 함께 장 보는 것도
슬리퍼 끌고 주변을 산책하는 것도
나만의 아지트를 소개하는 것도 하지 말걸
특히 현관 안쪽으로는 한 발짝도 들이지 말걸

하아-

_ 화 석

감정은 야위고 뼈만 남아
사랑, 그 비슷한 흔적들만

시간은 우리 둘 위로 고운 흙처럼 쌓이고
어느 날엔가 끌어안은 채 다시 발견되더라도

이미 먼 과거의 일

_ 후폭풍

불안한 정적
넌 그 위로 덮쳐
넌 어느 틈에
또 어느 틈에

청해봐도 잠은 점점 달아나고 있어
좋은 모든 기억은
후회라는 색에 물들어

네가 없다는 사실이 난 안 믿겨
유난히도 큰 시계 소리

불을 끈 뒤 눈을 감고 누우면
어디선가 잔잔하게 불어와

이건 너인 것 같아
네가 흩날리기 시작해
텅 빈 바람 소린
점점 폭풍이 되어

이상할 만큼 고요했던 내게로
삼킬 듯이 다가오는 나쁜 꿈

난 마비된 채 움직일 수 없어
휘몰아친 네 안에 잠겨

모든 감정이 한꺼번에
너와의 이별이 한꺼번에
다 지금 여기 한꺼번에 덮쳐
난 휘몰아친 네 안에 있어

잘 지내라고 했는데
잊어달라고 했는데
나도 그러고 싶은데
그게 맘대로 잘 안돼
온 힘을 다해 버틸게
모든 바람이 걷힐 때
그땐 너처럼 웃을게

* song by_EXO

_ 안 갯 속

날 자욱하게 에워싼 네가 짙다

그리움이 희면 흴수록 눈앞은 캄캄하다

홀로 비상등을 깜박이며
제자리걸음 하듯 나아가는 길

일 분은 한 시간 같고
현실은 신기루 같은 안갯속

익숙한 하루를 겨우 더듬거리며 지난다

오늘은 유난히 네가 짙다

_ 다 이 어 트

냉장고를 열었는데
텅 빈 게 내 맘 같네
딱히 뭘 먹고 싶은 건 아냐

채널 한 바퀴 돌아 또 제자리야
따분한 예능, 드라마
죽은 듯 조용한 핸드폰 화면만
노려봐 '젠장'

'미안, 미안' 넌 항상 그래
사과, 사과 반쪽만 건네

보고프다 고프다
안고프다 고프다
나는 매일 네가 고파

강제 다이어트 같아
이 기분 좀 별로다

넌 없는 것도 있는 것도 아냐

* song by_프라이머리(Feat. 솔지)

_ 무 채 색 무 지 개

어제 네가 나오는 꿈을 꿨어
흑백으로 된

참 얄궂지
꼭 누굴 불러야 하는 꿈에선 항상
목소리가 잘 나오지 않으니 말이야
이제 나에게 네 이름은 입 모양까지만 허락되나 봐

어쩌면 내 생각보다도 널 많이 좋아했을까
매일 밤 내 하늘은 맑고 별이 많다가도
가끔 이렇게 비가 와

그리고 이튿날 아침엔
무채색을 머금은 무지개 하나가 뜨겠지
이내 사라져버릴

_ 기 본 값 (Default = 1)

대개 하나는 고독으로 불완전으로
둘은 안정감으로 완성으로 묘사되곤 하지만
나는 오히려 그 반대일 때가 많았다

누군가에게 기본값은 둘이지만
나에겐 처음부터 하나였는지 모른다

애초에 짝보다는 홀이 익숙하고 편한 사람

그럼에도 내가 둘로 남고자 한다면
그게 내겐 아마 정말로 사랑일 거다

_ Teatime

같이 마주 앉아서
따뜻한 차를 두 잔 따른 다음
오래도록 듣고 싶어

들려줄래?
요즘 너에게 일어난 모든 일들
사소한 것까지
시시콜콜하게

넌 모를 거야
나의 일상에
너를 우려서
천천히 음미하는 이 시간이
얼마나, 얼마나 소중한지

이제 네가 편해
근데 가끔 설레
이상적인 것 같아

난 심장이 터질 듯한 그런 게 아니어도
일상이 주는 이런 편안함이 좋아
휴일을 거의 함께 보내는 소파처럼
이렇게 있어 주면 돼
있잖아, 나는 이게 훨씬 사랑이야

자극적이지 않게
자연스러운 관계
이게 정말 어려운 건데

우린 불꽃이 터질 듯한 그런 게 아니어도
오직 단둘만 아는 섬 하나가 있잖아
내 발끝에 닿아 간지러운 파도처럼
이렇게 내게 밀려오면 돼
있잖아, 나는 이게 훨씬 사랑이야

_ 베 개 싸 움

전에 우리는 오해와 충돌로
감정의 골이 생겨나면
그 골짜기를 뒤로 한 채
방문을 닫아걸고는 했다

시간은 그 골을 속으로는 더 파내며
겉으로는 덮어버리는 작업을 한다

작은 돌이 굴러가기만 해도
천둥소리가 날 것만 같던 깊은 적막
그 골짜기엔 소리 없이 비가 왔다

이제 우리는 골을 사이에 두고
말을 어색하게 던지고 받는다
누구도 방문을 닫아걸거나
입을 잠가버리거나 귀를 막지 않는다

이 투닥거림은 베개 싸움 같아서
아무도 심하게 다치지 않음을 안다
(눈싸움할 때 돌 넣는 것처럼 미친 짓을 하는 사람이 없다는 가정하에)

베개의 날아다님이 잦아들 때쯤
어디선가 불어오는 시원한 바람

오늘은 누구의 베개도 젖지 않을 것이다

두고 보자

서로의 얼굴에서 아주 작고 옅은 점까지 찾아
지도로 그려낼 수 있을 때까지

모든 표정 변화와 그 미묘한 특징을 잡아내어
단번에 심리상태를 파악할 수 있을 때까지

보고, 듣고, 맡고, 먹고, 마실 때의 모든 취향과 기호를
가장 최근 업데이트 기준으로 말할 수 있을 때까지

눈을 감고서도 서로를 사진보다 또렷하게
묘사할 수 있을 때까지

두고 보자

_ 파 도 타 기

가사와 글을 쓰는 것만큼 쉽고 재밌는 일이 있을까
작업은 마치 파도타기 같아서
무아지경으로 놀다 보면 어느새 눈앞에 완성되어 있다

그 전에 가장 난감한 것은
컴퓨터 화면의 빈 창
백지 상태의 종이를 바라보는 시간
그 하얀 표면 앞에서 나는 한없이 까마득해진다

우선 나는 고요하고 텅 빈 나의 호수에
잔물결 하나 없는 매끈한 수면에
집채만 한 파도를 일으켜야 한다

가사와 글을 쓰는 것만큼 쉽고 재밌는 일은 없다
파도 만들기, 그것만 빼면

영혼의 무게

흉내는 누구나 완벽에 가깝게 낼 수 있다
하지만 창작과 퍼포먼스에 혼을 담아내는 일은
그 자신이 아니면 절대 할 수 없는 과정
그때 아주 조금 더 실린 극소량의 무게

신기하게도
사람들은 거기에 반응한다
그 깃털 같은 무게에
그 먼지 같은 무게에

_ 잠복 문장 (*Undercover Sentence*)

나는 평범한 문장이다
그런 척 위장 중이다

당신은 나를 어디에 옮겨 쓰지도
고개를 끄덕이지도
혹은 갸우뚱하지도
밑줄을 긋지도 여러 번 훑지도
눈길을 오래 두지도 않고
무심히 지나간다

이번에도 의식 칸에 들어가긴 틀린 것 같다

하지만 갑자기 글씨를 크게 키운다거나
두껍게 만든다거나 *기울인다거나*
혼자 쓸데없이 너무 **궁서체라거나**
그런 건 안 할 거다

자연스럽게 녹아있어도
당신이 알아채 주기를 바라는

나는 포기를 모르는 문장이다
그런 척 위장 중이다

_ 어 떤 장 관

몰입이 되는 순간의 느낌은 확실히 다르다

어떤 풍경을 상상만으로 그려낸다고 할 때
평소에는 내가 빈 공간에다 대상을 하나씩 떠올리고
고르고 채워나가는 느낌이라면
몰입했을 때는 풍경이 이미 머릿속에 장대하게 펼쳐져 있어서
나는 그 장관을 최대한 빨리, 자세하게 기록하는 일에
최선을 다하는 느낌이다
그 신기루 같은 장면이 날아가 버리기 전에

때로 사람들은 그 누군가, 알 수 없는 어떤 존재가
자신의 손을 빌려 무언가를 남기는 것 같다고 얘기한다
그게 아니고서야 순식간에 펼쳐지는,
한 번도 본 적 없는 머릿속의 장관을
도저히 설명할 수가 없기 때문이 아닐까

_ 두 사람

한 사람은 가져온 '무엇'이
아무리 봐도 그저 그래서
아름답게 꾸미는 일에 열정을 쏟는다

다른 사람은 같은 '무엇'에서
특별함을 발견해낸 다음
최대한 그와 가깝게 재현해내는 데에 열정을 쏟는다

전자는 대상이 어딘가 부족하게 느껴지기 때문에
자꾸만 살을 더하고

후자는 자신이 바라보는 대상 자체만으로 충분하기 때문에
수시로 군더더기를 지운다

전자는 예술을 하고 싶고
후자는 예술을 하고 있다

_ 心 oh

글을 쓸 때는 혼자 심오해지지 않으려 하고
사람을 만날 때는 혼자 심각해지지 않으려 해

수면에서 해수욕을 즐기는 사람을
무작정 깊은 곳으로 끌고 들어가거나

그저 산책이나 하려고 나온 사람을
으슥한 동굴로 데려가면 큰일이니까

그랬다간 끔찍하고 이상한 사람이 될 테니까

만약 너와 내가 비슷한 입구를 발견하거나
서로의 호기심이 손을 맞잡으면
그때

_ 시 간 수 집 가

나는 물가에 가면 돌 줍는 것을 좋아하고
해변에서는 조개껍데기 줍는 것을 좋아하고
숲에서는 떨어진 잎들을 줍는 것을 좋아하고
일상에서는 글씨 줍는 것을 좋아해
(그래선지 내 시선은 항상 다른 무엇보다 활자에 먼저 닿고 오래 머물러)

그렇게 열심히 주워 모은 것들은
이내 잊히거나 그곳에 다시 놓아두고 오는 경우가 대부분이라
누군가는 이 행위를 쓸데없다 여길 수 있지만

내가 최종적으로 수집한 건 시간이야

대충 보면 흔하고 비슷하지만
자세히 보면 모두 다르고 특별한 것들을
만지고 들여다보고 고르는 그 모든 시간

_ 여백을 읽는 사람에게

알다시피

내가 정말 공들인 글은

열심히 쓴 글이 아니라
열심히 덜어낸 글

내가 전하고 싶은 것은

채우고 또 채우는 마음이 아니라
비우고 또 비우는 마음

싹싹한 지우개도 미처 못 지워낸
햇살에 이리저리 기울이면
어렴풋이 보이는 듯도 한 그 미세한 요철들을
누군가는 읽어주지 않을까

예를 들면, 당신이라든가
혹은, 당신이라든가
아니면, 당신이라든가

_ 그 래 서   지 음

'짓다'라는 말을 좋아해
농사를 짓고 밥도 짓고
집을 짓고 다리도 짓고
옷감을 짓고 옷도 짓고
표정을 짓고 웃음도 짓고
글도 짓고 시도 짓고
가사도 짓고 노래도 짓고
이렇게 이름도 짓고

지음, 지음 知音, 作

낭만이 나를 죽일 거예요

초판 1쇄 발행 2019년 12월 13일
초판 2쇄 발행 2020년 2월 1일

지은이 서지음
펴낸이 연준혁

편집 2본부 본부장 유민우
편집 3부서 부서장 오유미
책임편집 양성미
디자인 정은경디자인 일러스트 이규태

펴낸곳 (주)위즈덤하우스 미디어그룹 출판등록 2000년 5월 23일 제13-1071호
주소 (410-380)경기도 고양시 일산동구 장항동 846번지 센트럴프라자 6층
전화 031)936-4000 팩스 031)903-3893 홈페이지 www.wisdomhouse.co.kr

ⓒ서지음, 2019
일러스트 ⓒ이규태, 2019
값 15,000원
ISBN 979-11-90427-16-6   03810

• 이 도서의 국립중앙도서관 출판예정도서목록(CIP)은 서지정보유통지원시스템 홈페이지(http://seoji.nl.go.kr)와
  국가자료공동목록시스템(http://www.nl.go.kr/kolisnet)에서 이용하실 수 있습니다.
  (CIP제어번호: CIP2019045148)